注音

辛金順詩集

辛金順——著

傷悼——辛金順詩集《注音》序

李有成

一

動筆寫這篇序文時，以色列與巴勒斯坦之間又發生軍事衝突。從二〇一二年十一月十四日至二十一日，大約一週時間，以色列對迦薩走廊發動了不下於一千五百架次的空中攻擊，巴勒斯坦的哈馬斯組織則對以色列發射了四百多枚火箭與短程飛彈。這一次以巴衝突至少造成一百六十餘位巴勒斯坦人死亡，而以色列死亡者僅五人。

六十多年來，以巴之間的仇恨越結越深，至今無解。我提到這段戰爭插曲，主要想藉此談談辛金順的反戰詩。《注音》這本詩集收有辛金順的反戰詩五首，這五首詩之前即曾收入詩集《記憶書冊》（二〇一〇）。在這五首詩中，三首寫伊拉克戰爭，一首寫巴勒斯坦，另一首則與車臣戰爭有關。辛金順的反戰詩富於敘事性，且多半受新聞事件啟發。〈塔嘉卡獨白〉一詩所敘即是芳齡二十的巴勒斯坦少女塔嘉卡（Andaleeb Taqatqa）在家園為以軍所毀、父兄為以軍所捕之後，於二〇〇二年四月十二日以自殺炸彈攻擊耶路撒冷市場的事件。這首詩間接寫戰爭的暴虐，一個少女平凡卑微的夢想就這樣殘酷地被戰爭粉碎。因戰火而淪為一無所有之後，塔嘉卡只能：

在廢墟裏逃亡，在淚水中
把災難和仇恨

養大成一顆炸彈，然後
用身體
向戰爭的歷史
狠狠引爆……

這幾句引詩也具體而微點出了「災難和仇恨」其實才是恐怖主義的根源，並不是任何宗教教義。這是以美國為首的西方世界始終不肯也不敢面對的事實。

另一首〈反美學〉則是以伊拉克戰爭為背景，描述美軍在伊拉克所進行的一場後現代戰爭。在電玩遊戲中長大的新一代美國士兵將戰爭任天堂化，於是我們看到：

殺戮戰場上幾十萬難民張口的嘴，卻
沒有聲音，只有一切唯美的瞄準，射擊
不斷的射擊，讓子彈瘋狂吶喊

從美軍的角度看，這場戰事仿如虛擬遊戲，在遊戲結束時，「沒有流血，沒有死亡，沒有苦難／世界如此快樂、美好和安詳」。〈反美學〉一詩以戲謔的手法刻劃伊拉克戰爭的虛擬情境，可以為波西亞（Jean Baudrillard）在《波斯灣戰爭並未發生》（*The Gulf War Did Not Take Place*）一書中所痛陳的後現代戰爭作註解。尤其透過各種媒體中介之後，波西亞認為，我們實際上看到的是戰爭的擬像（simulacra），而非戰爭本身，因為在媒體的催眠操弄之下，戰爭的指涉已經被消解，隨後在符號系統中復活，我們眼見的是符號的繁延、複製、散佈及消費。周蕾（Rey Chow）後來在《世界標靶的時代：戰爭、理論與比較研究中的自我指涉》（*The Age of the World Target: Self-Referentiality in War, Theory, and Comparative Work*）一書中一語道破這種虛擬的非真實性：

> 一旦戰爭真的爆發，全面虛擬化的日常生活意味著打仗再也少不了電玩密技，一九九一年與二〇〇三年的兩次波斯灣戰爭即為明證。空襲伊拉克期間，具有虛擬世界的優勢與否就將世界分成上下兩半。上方的空戰，由青少年時期就常在家打電玩的美國大兵在電子螢幕前操作攻略；而下方的戰爭，仍與身體、勞動黑手及從天而降的意外之災密不可分。對美國男女參戰人員而言，菁英主義與全景視境的逞強好戰，跟遠端遙控和瞬間摧毀他者的行動是密不可分的；對伊拉克男男女女與兒童而言，生命則愈來愈岌岌可危（正如一九五〇年代與一九六〇年代的韓國與越南平民），微不足道，意味著隨時面臨徹底毀滅的威脅。（據陳衍秀的譯文稍加修飾）

周蕾不僅指出美式虛擬戰爭強凌弱的一面，在美軍強大而不受節制的武力之下，弱勢者的生命毫無保障；同時還提醒世人美國如何一再介入亞洲的戰爭。辛金順在〈反美學〉一詩結束時也同樣告訴我們，美國的戰爭如何像電動遊戲那樣，周而復始地發生在亞洲許多國家的土地上：

（遊戲存檔，遊戲重來，並請輸入：
越南、北韓、阿富汗、伊拉克、伊朗……）

辛金順這些反戰詩其實也是悼亡詩——為卑微的生命傷悼。這些生命沒有紀念碑，沒有哀悼辭，沒有人會誦念他們的名字。傷悼是對這些苦難生命的認同。

二

讀白居易〈與元九書〉，我們除了對樂天「常痛詩道崩壞，忽忽憤發，或廢食輟寢，不量才力，欲扶起之」的壯懷大志動容之外，多半還會注意到樂天所揭櫫的文學信念：「文章合為時而著，歌詩合為事而作」。辛金順上述的反戰詩，在精神上與樂天的理念倒是若合符節的。詩集《注音》中大部分的詩其實都可作如是觀。

例如卷首詩的〈注音〉。這首詩的說話人夾在注音符號與漢語拼音——還有繁體字與簡體字——之間，感歎自己的「一生，都在別人的語言裡」，找不到自己的身分：

> 因此ㄨㄛˇ是我嗎？或是WO3，國語和
> 普通話，在牙齒與牙齒彼此撞擊的震顫
> 之間，我會從你的身影中走出來嗎？

這首詩論證語言與身分認同的關係，擺在馬來西亞華社的脈絡裡別具意義。華社的普遍認知當然與詩中說話人者不盡相同，惟視語言為身分認同的重要指涉則不分軒輊。辛金順曾經在詩集《說話》的序言〈在注音符號與漢語拼音之間〉中敘述他如何游移在中文這兩種語音系統之間。在留學台灣期間，他「隱匿於繁體中文的書寫中，想像著文字背後的象徵，一種救贖的靈光；甚至想像著自己詩筆下的每一筆畫，都能構劃出天地的

大氣，山島竦峙，洪波湧起，日月其中，百神隨行。」這一段話當然賦予繁體中文濃烈的神話色彩，倉頡造字，鬼哭神號，此其謂也。不過寒暑假時一旦回到馬來半島，電腦鍵盤上的整個符號系統完全「退回到拼音符號的世界，『故我』也被召喚出來，在shī和shǐ之間，或在sī與sì之間，重新複習一種降靈術，並讓『詩』和『史』回到它們原來的秩序，也讓『思』與『寺』在記憶重組中，找到了屬於夢的歸屬。」因此，辛金順深刻體會到，「雲山漠漠，繁華如夢，故鄉與他鄉，亦在拼音與注音符號的轉換中，成為彼此互相錯置的夢境。」

以上的引文可以用來註釋〈注音〉一詩的重要關懷。從注音符號與漢語拼音的夾縫中掙扎走出來之後，說話人堅持「說自己要說的話」：

> 我的舌頭靜靜學會瘖啞，聽母性的語言從
> 菜市場回來，沾滿塵垢的音調，脫掉ㄓㄔㄕㄖ
> ㄗㄘㄙ，以乾爽的音節，說起青春的亮光

說話人這裡所說的「母性的語言」，正是〈母語〉一詩開頭所說的：

母親常常彎腰，跪成
駝背的陰影
餵養我躲在子宮裡的
語言

對說話人而言，不論注音符號或是漢語拼音所拼出來的中文都是經過中介的語言，終究還不是母親在懷胎期即餵養的語言。辛金順對語言的問題似乎特別敏感，不只一次以詩文抒寫他的語言經驗，在散文集《月光照不回的路》（二〇〇八）中，卷首長文〈破碎的話語〉就是敘述他人生不同階段所體驗的語言現象，語多省思；另外，詩集《說話》（二〇一一）中的組詩〈說話〉也以略帶嬉戲的語調賦予他的語言經驗文化與政治意義。這些詩文都可以印證他在〈注音〉與〈母語〉二詩中所要抒發的胸臆。

辛金順對語言用心至深，不僅語言在特定的時空脈絡下肩負著不同的政治與文化意義，語言更是詩的根本。讀詩，毋寧最先經驗的是語言的物質性（音、形、韻、節奏等等），並非直指語言的意義，詩的語言因此必須擺脫日常實用語言的因循與陳腐。辛金順在〈詩的隱喻〉（見《月光照不回的路》）中說，「詩無技藝一直是我的理想，讓它掙脫作者意識面的設計與操縱；讓它跨出批評者的眼線與視域，讓它神出神入自由自在。」這樣的境界已經近乎《莊子・外物篇》所說的「得意而忘言」，語言存而不論，在出入之間不必役於意義或意識，詩人無異於成為語言的祭師，就像〈詩說〉組詩第一首〈在詩人節寫詩，會想到甚麼？〉所描述的：

我的文字即將出發，眾靈前引，蟲蟻
迴避，旌旗獵獵高頌大風的歌曲
為雨，為電
為長征萬里的泥路而塵揚
滿面，讓字句為兵為將，圍我
成一座新城，在紙面緩緩
昇起

說話人顯然將寫詩比擬為一場出征前的祭儀，為文字壯行。他要眾靈開路，蟻獸迴避，旌旗飄揚，他將文字撒豆成兵，號令文字，即將萬里長征。寫詩成為攻城掠地，邁向未知。

三

《注音》輯三中有一組詩，包括了〈後山碑記〉、〈雲林市鎮詩圖誌〉、〈台南碑記〉、〈金門三品〉、〈祭典——記民雄鄉大士爺廟慶誕〉，及〈閱讀北京七首〉，也許可以稱為地誌詩。其實辛金順另有〈吉蘭丹州圖誌〉組詩六首，有序有跋，寫他的故鄉吉蘭丹的鄉鎮風土與歷史，不過並未納入這本詩集裡。上述各詩——〈祭典——記民雄鄉大士爺廟慶誕〉外——已分別收入《詩圖誌》（二〇〇九）、《記憶書冊》及《說話》等詩集中。

這些地誌詩精彩的主要涉及辛金順較熟悉的台灣雲嘉南一帶。這些詩懷舊的色彩濃厚，像〈祭典——記民雄鄉大士爺廟慶誕〉一詩，除最後一節外，對準祭典者少，大部分的詩行都在緬懷小鎮舊日的人事，我們讀到的盡是寂寥、昏老與蒼茫：

所有熟悉的跫音都在敘舊，滿街的
風聲，把往事說成家常，在小

鎮多雨的海口，犁過萬頃的夢，化成
百年歷史的煙火，在廟前守著
故事和傳說，和火車輾過的悲歡離合

不過這一組詩最值得注意的應該是辛金順深沉的歷史感或歷史意識。我們試舉一百二十四行的長詩〈台南碑記〉為例。這首詩展現了辛金順以詩證史的雄心，序詩即破題表示：「歷史坐在逐漸風化的記憶頂上／以老花眼睛閱讀一座古城的故事」。詩的第一部分以相當濃縮的敘事回顧台南三百年的歷史，辛金順借一位長者祖太的記憶，回首台南——乃至於台灣——坎坷的過去，從原住民的耕獵生活，到荷蘭人挾其船堅炮利東來，到明鄭收歸中國，到納入滿清版圖，到甲午之戰後日本的殖民統治，歷史像跑馬燈那樣，在眼前飛躍閃過：

福爾摩沙攤開成麋鹿奔躍的草原，在
荷蘭人的軍艦來臨之前
歷史被包裹在一部自然的辭典
文字是樹、山和清澈的溪泉

番刀出沒在祖太小小的想像之間
傳說在四季裏流浪，並躲閃
殖民的語言，從羅馬拼音、北京話到
日語，祖太堅持用最母親的語言
測量自己民族的靈魂和尊嚴

有趣的是，辛金順在這節詩裡還特別提到他在若干詩中一再召喚的「母親的語言」——這是「測量自己民族的靈魂和尊嚴」。如果讀者知道辛金順所置身的馬來西亞華社過去數十年來始終為「母親的語言」與統治階級抗爭不已，這些詩句可能引發新的聯想。詩的第一部分最後以一九一五年夏天的西來庵抗日事件（又稱噍吧哖事件）終結，翻過台南「一頁帶血的史詩」。

詩的第二部分則繼續將時間向前推移，其歷史敘事的重點擺在日治時期到太平洋戰爭結束後台灣光復。值得注意的是，辛金順再次將語言視為權力的象徵，語言的轉變也意味著政權的更替：

昭和十五年，父親龜著身子把自己
縮入五十音的甲殼，牙牙學語的舌尖

頂住姓氏，在拗音的轉口
計畫一次偉大的逃亡

昭和十五年為公元一九四〇年。其實自一九三七年開始，日本殖民政權就對台灣百姓推行皇民化運動，廣設「國語講習所」，鼓勵習日語，改日名，易習俗，要將台灣徹底去漢化。過了幾年，也就是民國三十四年（一九四五年），日本戰敗，無條件投降，結束其對台灣五十年的殖民統治，因此才有：

……在火車站口送走了一批批殖民者的鞋
母語也脫掉了和服，重新
找到，父親自己最深沉的喉結

台灣光復，中華民國自日本殖民政府手中接收台灣，皇民化運動結束，台灣重新再漢化。只是沒過幾年，國民政府自內戰中潰走台灣，接著是一段白色恐怖的歲月。這些接二連三的歷史事件都一一縮寫在以下的詩行裡：

一張地圖重新被注音，從中山路轉進
中正路，父親迷失在中國城的
煙霧裡，白色迷濛的恐怖，穿過
無數重疊的暗夜，狠狠地
把沉睡的夢敲醒……

到了詩的第三部分，整個敘事急轉直下，古城似乎一夕之間脫胎換骨，一頭捲入資訊與網路的歷史漩渦中，迷失在後現代的虛擬世界裡。府城的歷史生命只能在全球資本主義與消費社會「巨大的陰影中喘息」。我們看到的是一場精神災難。在萬般無奈與失落之餘，詩中的說話人只好藉由網路，把我們帶回到已經失去的天真無邪的黃金時代，漢人移民還沒到來，殖民者的軍艦鐵騎也尚未造訪，那是青山綠水的童騃時代：

我循著游標繼續探問，遠方
三百年前的一隻麋鹿，還記不記得
島嶼的山青水綠，以及原住民

最原始的一支山歌？

〈台南碑記〉一詩最大的諷喻在於詩結束時的批判：學院如何將生命自歷史中抽離，讓歷史淪為乾癟而毫無感情的論文註解，或者課堂上消耗時間的教學活動：

脫落的文字已逃進學者的注解，想像
被學院壓縮在薄薄的光碟上
三百年成了十六節課，把新新人類的
耳朵，拉成垂垂欲睡的夢所

不過，在批判之餘，說話人並未心灰意冷，他洞察歷史有其生命力，不會甘於扮演冰冷的教科書或學術論文的素材。歷史會找到出路，啟發後人，其生命就像「每塊碑石都依舊活著」，苦待「一盞重新照亮魂魄的燈火」。

顯然，辛金順的野心並不限於抒寫台南，他筆下的台南碑石其實也是台灣碑石，離開其脈絡之後，甚至於是世界各地原住民社會的碑石，或者第三世界眾多被殖民社會的碑石。〈台南碑記〉一詩一氣呵成，意象前呼後應，是一首氣勢宏大，且具有歷史縱深的詩史，台灣本土詩人能出其右者也未必多見。

四

《注音》收辛金順新舊詩作八十餘首，允為詩人截至目前為止詩的精選集。本文所論只是詩集中極少數幾首，以管窺豹，所見雖非全貌，但從這幾首詩也大致可以看出辛金順的詩的世界。辛金順曾在散文〈夢痕書〉（見《月光照不回的路》）中藉詩詞與書法表達他對文字的敬畏，同時說明他如何從這些文字活動中獲得精神上的慰藉。書法——以及以書法行之的詩詞——有時候竟成為傷悼的儀式：

有時候，醒得早，天微亮，剛好可以沾著窗外的露水，把乾澀的毫筆潤濕，天地的精神，也就全凝聚在飽滿的毫顛。這時，適巧可把昨夜坐在夢裡寫就的古詩古詞，抄入宣紙。而一切哀悼的儀式也從這裡開始。那些文字老靈魂的復歸，在筆墨碰觸著紙頁的剎那，輕

輕迴響著文字的哀嘆。遺悲懷——毫筆、石硯、墨水、古詩古詞，
竟成了文字遊戲裡自我悼亡的夢囈。

文字古老，寫詩如祭祀，虔敬可以使文字常新。傷悼是重要的儀式。傷悼是因為珍惜，是因為悲傷，是為了留住記憶，為了拒絕遺忘。我從辛金順反戰的悼亡詩談起，經他對失落語言的哀悼，到他面對歷史碑石時的徘徊悼念，我發現傷悼竟是辛金順寫詩的重要祭儀。在一個語言、歷史、生命日趨脆危（precarious）的時代，傷悼——或者以詩傷悼——顯然並非沒有積極的意義。也許這也可以回答辛金順在〈詩的隱喻〉一文中一再追問的問題：寫詩有甚麼意義？

——二〇一三年一月四日深夜於臺北

*作者現任中央研究院歐美研究所特聘研究員、國立中山大學合聘教授

目次

輯二 逃行

輯三 **心經**

輯一

注音

注音

我試圖走入你的唇音，大聲的說：這是ㄅ，那是
ㄇ，搖醒的ㄉㄊㄋㄌ跟在童年身後，說出
你是我，坐下、遊戲、洗澡、睡覺和
愛，和我們在聲音裏互相交錯而過的遺忘

是的，有時我嘗試遺忘你如遺忘自己的陰影
在說話的時候，在走路的時候，在做夢的時候
我成了你，以注音的身體，掠過低頭沉思的
時間，向前奔跑，跑出自己的夢境

而那是一種遙遠的抵達嗎？在光的前面
我照見自己如一條河流向迷離的前方
蜿蜒遠去，並從死亡，不斷讀出自己不斷
穿過拼音的詞彙和記憶的盆地，向遠方逃亡

這是一生的逃亡啊！一生，都在別人的語言裏
因此ㄨㄛˇ是我嗎？或是ｗｏ３，國語和
普通話，在牙齒與牙齒彼此撞擊的震顫
之間，我會從你的身影中走出來嗎？
赤裸走出來，說自己要說的話

我的舌頭靜靜學會瘖啞，聽母性的語言從
菜市場回來，沾滿塵垢的音調，脫掉ㄓㄔㄕㄖ
ㄗㄘㄙ，以乾爽的音節，說起青春的亮光
啊那年，有點失語的故事，在神經末梢
麻痺了一個世代的歷史

我還會找到我嗎？音符和音符在網路上相互擁抱
然後相互離棄，在那世界不停旋轉的頂上
明和暗，隨著指尖跳舞，從ㄧㄨㄩ跳到
ㄛㄜㄝ，跳進心臟，成為詩，一行一行
跳過鍵盤，成為島、土地、時間和身世

那裡，我是你，我們是他們。是
注音，我們都曾經住在一起

蟻夢

我以蜷縮的睡姿圍自己成為疆界，在高低起伏的欲望上
穿越甜黑的世界，不斷穿越，尋找遠方故事的亮光

而觸鬚的盡頭是生命繁華的大典，夢和夢，在此輕輕
碰觸，滑過，然後向前挺進如一首歡快的民歌

向前挺進啊忙碌生活，汗水和淚，灑落成蜿蜒的
小路，牽著快樂和憂傷一起奔跑

有時我也會夢見自己成了人類，在數字裡跋涉一生
穿越無數的0，或穿越無數的同類，向更深
更深的慾望森林探險，然後

遇到另一個我（這是夢啊我的同類），穿過骷髏空洞的眼穴
偷窺，另一個我，在石碑上探訪自己忘了回家的名字

無數的我從夢裏出走，離散，並將會在另一個夢裏再見，或
不見。而循著記憶裡留下的氣味，我們將會搬回一些些
思念，儲藏度過生命裡的冬天

那裡，或許還有愛，和病，就讓它全留在故事裡面
注釋　一場龐大流離的命運

（繼續往前啊我的同類，繼續往前）

我們沿著祖先走過的一路虛線，不斷穿越
無邊甜黑的疆界不斷扛起一個又一個小小的夢
讓它繁殖，讓它旋轉，讓它閃爍如恆星，熠熠
照亮我們永遠發光發熱的世界

圓舞曲

我們在音符裡轉身，踮腳
讓樂譜帶著身體走向他方

彷彿遙遠又依稀臨近，我聽到
溫暖的呼吸在身體內遠行
如詩，蜿蜒
尋找一種季節遞換後的光亮

而生活如此平淡，宛如
一壺茶水的回甘
曾經沸騰的夢涼了

躍空，彈跳
終歸還原為記憶裡的孤單

而我們曾經擁抱，曾經
聆聽身體與身體的呢喃
日子排隊走過，拐彎
再拐彎，留下腳步揚起
光塵紛飛的憂傷

世界還會在故事的盡頭回望嗎？
歡愉和愁煩，不斷交談
不斷在氣溫的升降中悄悄轉換
步調，那麼自然
重複著昨日和昨日繁瑣的日常

我們繼續往前，在樂章途中
不能停下，偶爾

跨過病痛和死亡，就能懂得
如何撐起彼此存在的重量

偶爾也路經時光歧徑
我們學會離散，緩緩放手
讓彼此的身影，隱入
空茫，然後各自穿過
人生的巷道，側身
迴旋於各自的命運途中
並在不同的時空
繼續走向
同一個命定的方向

那時，我們的腳尖會不會勾起
遺落的思念？並在光和光的
間隙，躍向彼此相互的遺忘？
我們會不會，也把自己

沉重的影子，靜靜的卸下？

而時間，總是那樣漫長卻又感覺
短暫，我們必會來到夢的尾端
那裡，旋律飽滿，鄉愁一樣
將在我們的體內輕輕呼喚

輕輕，故事將會在此
重新啟行，向他鄉，然後悄然
滑進，一場靜謐而完滿的黑暗

遺忘

——致一位遺忘了詩的逃亡者

你好嗎?當詩舉起思想的拳頭走在街上遊行
你還會不會拉著夢跟在後面吶喊?

晚禱詞結束了,神們卻還未離開
我用遙控器搜索電視上逃亡的身影
中年發福,躲在時間背後,走向
黑暗將落未落的異國街道
讀著故國一些流離的詩句
一些曾經噤聲的口號和標語
穿過堅固的牆壁,穿過

文字的牢獄，穿過暴風暴雨，成為
種子，企圖尋找可以發芽的土地

是的，尋找可以自由說話
寫詩、做夢的島嶼，或從
暗無天日的地下走出來，把惡魔搖醒
如搖醒所有垂下的頭顱，仰首
看圍坐在頭上三尺處那些
全身腐敗的神明，如何竊盜、分贓
如何假借信仰挖掘祖宗的屍骸

我時常想起，那些在油墨裏近乎淹死的
文字，和一些殘餘的筆跡，抱著
飢餓的青春，躲過時間的追捕，並努力
敲開一些封閉的門戶，點亮燈
讓四處流竄的意象，宣示
我們曾經革命的意志

（宣示　我們是鼠，企圖穿過
神們的心臟，抵達自己選擇的天堂……）

你好嗎？當所有理想和身體開始衰老
在鬆弛的皮層底下，偉大的回憶
可還在繼續建築
一首尚未完成革命的詩？

一行行穿過夢境逃亡的詩啊，渡海
圍坐在餐桌前，讓傳說滋養
越來越臃腫的身體，然後挺凸肚子
穿進有些痛風，有些骨質疏鬆和
失憶的歷史，並以赤裸的舌頭
見證了語言的病亡

（那年，一些縮頭抱膝
潛伏地下而忘記帶走的詩句

卻全跑進網路上去了
鼠們，也穿起資本主義的西裝
開始按下3G手機，召喚
昨夜夢裡逃逸的鄉愁……）

你好嗎？還在寫詩嗎？
當所有故事都走向遺忘的途中，夢
將重新逃回一九八九年的
一本詩集裡，然後用一首
遺忘的詩
靜靜，遺忘掉自己

掠奪非洲

這是骨架嶙峋的非洲，剛果打開的
窗口，貧窮四處遊走點頭
槍和子彈扣向記憶的臉
孩子跨過歲月的塹壕，死亡
正為成年禮洗塵

這是飢餓和疾病常常相遇的非洲
彎刀削過歷史剩下骨頭的黃昏
索馬利亞的夢翻過了身，炮聲代替
篝火，把古老的傳說炸成
一片破碎的新聞

這是祖靈開始找不到家門的
非洲，綠色從蘇丹的額頭撤退
再撤退，剩下野豹和斑馬
奔躍不過國家地理頻道的柵欄
資本主義卻悄悄躡足，悄悄
穿過叢叢雨林，喊：
「安哥拉，天黑了
我們幫你點亮一盞燈！」

這是
凸著肚子的軍火商
剔著假牙隙縫間殘餘飯菜救濟的非洲
用一張交易單
把人權存進國際銀行的戶口
兌換
一片遠方的戰爭

這是
美國、英國、法國、德國
緊緊捂在公事包裡的非洲
以手機，文明的
輕輕喚醒他們對黎明原始的鄉愁

不在

記憶裡她曾經來過，又離開了，最後
從眼角消失的背影，滴落成
一枚淚，蒸發在空氣之空，在
夢的邊界，折返成一條思念的河，寂靜地
向我的身體深處流過

是的，我肯定她曾經來過，那腳步聲
曾經從斗室響起，輕輕，搖晃著
六月的日光，七月的夜色，八月的
詩歌，並且曾經

停留在我的唇角、額上，或某個
我無法觸及的地方

是的，她曾經來過而且悄悄傳遞了一些
訊息，和陰影
在許多破裂的時間碎片上
可以，聽到微弱的回音從風中傳來
從時鐘的滴答聲裡，穿過層層的歲月
靠向我夜夜伏案的書檯

我知道，她曾經來過，在這個
已經無人記起的地方，躲在
消失的信箱、客廳和遺棄的鞋櫃背後
收起腳步，以免驚醒
所有枕在夜裡的睡眠，以及窗口外
遠方一顆將落未落的晨星

是的，我確定她曾經來過，從刷牙時
薄荷牙膏清淡的氣味中，或是
空氣裏光塵浮盪的振動之
間，她曾經停留，思索、然後與白日緩緩
推移，及至暮色，離開，並永遠
消失，在那日影斑駁幽深的迴廊盡處

在

照面裡一些影子已經悄然離去，塵埃細碎
鋪在生命之上，凝視往事如花火
乍開乍滅於夜色幽黯的角落，那裡偶爾
有雲有雨從睡眠的盆地飄過

「我在旅行途中想起遙遠的夢，全掛在
舊居後院的晾衣繩上，在風裡搖晃，翻飛
並不斷拍打著自己的傷口，歲月虛空
從倒影中目送著一個個死亡離走」

妳看見時間枕在瞳孔的陰影嗎？在迅即

消失的淚水中，語言咬住語言，穿過
人群，穿過生活的巷弄，穿過一首
詩，說出飢餓的聲音，如嬰兒最初的啼哭
為暗夜呼喚生命裡的黎明……

「我在漂流的水紋裏尋找沙岸，鳥的翅影
樹和雲，和一朵綻開微笑的唇角
在思念的遠方，有一雙化為時光的眼睛
掠過了一些黃昏裡的日記，一些良晨美景」

而撕開的信封無法還原最初，筆尖
流瀉的幸福，安靜沉睡在自己的
拼音裡，夢注釋了一場相遇
在他方，錯身而過的是彼此放逐的背影
以及淚水的記憶，妳和我
再也連繫不起來的字跡

「推開窗的每個早晨，霧迷失在
　我的故事裏，日光喚醒了
　桌面一行聶魯達的詩句，彷彿
　那年遠行的季節再次回來，有風吹起」

窗外，無數的花葉凋落，有人
從短巷的彎角走過，留下迴音
和生活，和回憶，以及一場
近似夢和夢的透明
如花火，熊熊燒亮了妳的名姓

日子

他們牧放我的悲喜，在年輪旋轉的日月
之上，讓我的身體也旋轉如木馬
在遊樂場上，繞完一圈又一圈的夢

我聽到水滴的聲音侵蝕著靈魂，當
欲望開花的時刻，磨損的時光正向額紋
走來，我聽到無數蟲蟻啃食歲月
破碎的聲響，細細的在漫長夜裡流蕩

而荒蕪是歌，他們唱著那年的遺忘
星光點亮了詩成一首青春的死亡

無人讀懂的文字，在時代背後
流成一條音樂的河，向遠方神祇禱告

我的身體在遺忘中流浪，因為愛
綻放煙火，在黑暗和白晝交接的界線
遊行，為不斷遷徙的夢境，尋找
可以生根的土地，尋找一個可以安居的家

他們卻學習耕種，把種子犁進光陰的子宮
以偉大的理想，命名人生
讓蜉蝣四散東西南北追著自己的影子奔騰
腳步如風，與日月同馳於天地的大道
倏忽在分針秒針競逐向煙霧聚散的曠漠

我在他們的舌頭上行走，用他們的語言
降落，在生活廣場的中央
數著日常腳步，測量生命的深度

在此方和
他方，用一首詩歌抵禦自己微微的衰老

他們卻在我的陰影中送走了一個世界，在
植滿燐火的未來，書寫死亡
讓筆劃說出一些故事，一些小小的
秘密，讓途中的旅程，為每一座
向後消失的城，寫下遺忘的碑文

我在他們之中，在漆黑的瞳孔裡
回頭，卻讀到無數身影不斷翻逝成
一句句禱詞，如陀螺，用悲喜
緊緊托著，整座旋轉不息的地球

寫詩

素處以默，妙機其微。飲之太河，獨鶴與飛。
——司空圖《二十四詩品》之二

所有音樂都躲在十指之間
眾神歸位，萬靈屏息
詩的形式從竹簡的線緯上脫節
意象銷解。沒入時間的內腹
蒸發成雲滴落為雨，在
幻想的脂肪堆裏，與我
逐漸膨脹的腰圍沉沉下墜……

夜逼近，眼神的前線有光導引
穿過鬼魅黝黝陰影重疊的眉睫
攀向語言的枝椏探入
皺摺的腦層，雲煙在此聚散
夢想在此築巢，死亡在此
不斷複製生命的頁碼，書寫
緘默，歷史回到寧靜的書齋
歲月初醒，黎明剛亮

有光導引，蛇遊如欲望繁殖的
子房，如蛆、如蛹、如蠅，如
拉環拔開罐頭的空虛，流竄出
億萬絮聒的日月，順著
骨骼與血脈升爬上臃腫的肺葉
吞吐如大地的氣流，如
回憶的洞穴，走出去
是自己裸身的從前……

開窗，世界收縮成一枚
鳥鳴，墜落
如星，在赤道的航線之上
等待，緊緊揪住
東昇的太陽

過阜城門魯迅故居

從春陽照過的巷子，薄薄的塵埃
安靜坐在時間的暗影下，歷史
不再吶喊，詩卻被寫在思路縷縷的長廊
貓樣躬身在夢圖之上，閱讀魚貫而入的
訪者，宛如彷徨的文字，不斷掙扎
企圖從逆光的墨痕上逃脫……

故國醒了嗎？在寬敞的紀念館角落
無數的頭顱在剪斷辮子後，都出走了
只留下一口痰，緊緊抓住眾人的喉結
在欲吐不吐間，守著聲道最後的

潰爛防線。因此，我們噤聲，不談國事
沉默地從一個孤獨的身影中穿過

如此空洞，如此，存在的年代如鼠
記憶被深埋在病痛的語言中，睡著
我們只能輕輕走過，不敢驚動
沉思的靈魂，苦苦撐著整個膨脹的中國

在巷外車聲如流的喧鬧中，苦苦的撐著

我們走過，逐漸縮小的影子，日在中午
一棵棗樹，還有一棵棗樹的天空，沒有
響雷，只有一群嘹亮的鴿哨匆匆劃過……

大霧來時

大霧來時，眾神的衣袖拂過詩的山巔
鷹在夢的頂上盤旋，意象如兔
消失在鍵盤的草叢之間
文字卻在時間的陰影中苦苦掙扎
等待滾滾的雷聲自遠方傳來

夜的眼睛在我的思維上巡遊，蛇樣的
滑過睡眠的盆地，世界卻安靜的坐在
我的旁邊，傾聽
一些細胞老去的聲音

沒有人走過的小徑，時間
把自己隱藏起來，等待捕捉
迷失的足跡，或放走
一些遺忘的訊息

大霧來時，鍵盤彈跳的聲音
如眾神私私的密語，如
遠方奔馳而來的雨聲
穿過一場大夢，並向
更遠的遠方奔馳而去

鷹仍在盤旋，仍在

大霧來時

母語

母親常常彎腰，跪成
駝背的陰影
餵養我躲在子宮裡的
語言

而我總愛跟著母親顫動的腹語
說話：「這是天，那是地」
那是
我的舌頭，總愛
說出母親背後父親的言語

並在音聲裡
迸發生命的光亮

（你聽到嗎？我在母親的語言裡
　大聲的說著父親的話）

「這是泥土，這是樹，這是樹和
　河流的陰影……」

母親的臍帶，繫著愛
飽滿如一顆即將成熟的神話
等待將父親的語言生下

「我也會說母親說的話」

長大後我說
父親高興的拍拍我的頭讚許

悼亡

他借用她的臉在憂傷的時光下偷渡向詩的城市，那年
雨下在她的軀體內而他卻覺得氾濫的水災
已越過了思想的堤岸，他躲在她的陰影裏
如她躲在他的陰影裏彼此卻從來不曾相遇
只有語言在交談時他／她們才找到久已遺失的自己

如果時間能夠退到乳牙剛剛冒出來的那一天，所有語言
還躲在母親的舌尖上，他和她在光影裏互相磨擦
尋找一種空氣撞擊的聲音，清脆如赤道上初亮的黎明

如冬至斑蘭葉上凌晨五點的露水，循著雞啼沁入他的夢裏
她的夢裏卻下著十二月東北季候風帶來的雨，陽光已被忘記
簷滴聲不斷在她的童年裏迴響，沿著窄窄的小巷
一路追著他成長的背影，她的影子卻在奔跑中
被放逐出去，越來越遠而被遺忘成了另外一個國度

從此他／她們學會了瘖啞術，在背離的虛無裏彼此傳呼
存在，卻沉默如一首晦澀的詩，只有他和她，她和他
懂得，並在彼此的跨越間哀悼著彼此過早的夭亡

動物園記

（是的，森林裏的野獸越來越少了）

在動物園裏我遇到一名政客，以
一條花俏的領帶，束起唇角的微笑
從飛禽與蝙蝠區的距離，計算
參觀者的情緒，夢、以及無聲墜落的嘆息

信仰尚在，無關道德。昨日的宣言
消失如唾沫。他說，今天不談政治
假牙扣緊的下顎，很環保
吃過的殘肴輕而易舉地洗掉

他說，山林的偷伐者應加重處罰
環保，我們需要環保，不能讓
茂密雨林在電鋸下悄悄失掉……

禿頂的頭顱在陽光下發亮，彷如
很久很久以前談起的民主，隨著
充滿諧音和歧義的語言四處漂泊
彷如，滿口長滿理論的學者，讓
牙牙學語的我，忘了生命裏還有生活

我坐著，老虎猴子天竺鼠也和我坐著
靜靜觀看，一隻兩棲動物
在我們已被馴化的獸性上匆匆走過

（是的，森林裏的野獸越來越少了）

航向

當時間在詩裏航行，像沙鷗
追蹤船舷浪花稍縱即逝的亮光
青春已經隱入水痕的紋路裏
遠方的岸，正沉默傾聽去年雨季消逝的聲音

而我們仍然用思念聯繫彼此的夢
飽滿的語言已被晒乾，瘦瘦的
吊在歲月的窗口，生活卻
有時安穩向前，有時
靜靜守著多風的日月，偶爾
拾起抖落的滿地陽光

就有迷離的神諭在前方召喚

當我的影子在燈下被拉長到妳的身旁
海潮上我們擁抱著彼此的寂暗
航線太長太長，我們都找不到彼此的終站
在故事的彼端，或此岸
只有一河的水聲潺潺流向他方

而如果詩沒有注腳，如船
永不靠岸，掠水而過的沙鷗在稀薄的
霧裏，交錯飛過漫長的時間
飛成遠方流離在暗夜裏的螢光
輕輕托住我們的想念，忽明
忽滅，閃爍在寬廣蒼茫的天地之間

是的，航線太長太長，當世界
已被遺棄在昨日的港灣

逆風的航向，留下了
一雙瞭望的眼睛，以及
眼睛背後我們彼此逐漸的遺忘

匿名者

從時間深處喚醒自己的回憶，夏天剛好
攀到島嶼的頂端，夢和夢開始在此腐爛

我們想像中年的一次逃亡，在暗夜的
交叉路口，尋找彼此流離的目光
或遺忘，許多年後卑微的心事一一成長
躲在詩的意象和意象之間，孤獨地
蹲著，微微的憂傷

而背離了所有失去的時光，穿過
童年的小巷，雨絲在身後輕輕呼喚

關於天真的理想，愛和仰望
在樹葉上發亮，只有
呼吸穿過清新的空氣，走向
遠方，攜著自己的身體繼續逃亡

偶爾讓幻想回到家鄉，看門前溪水暴漲
然後潺潺流逝，或翻開日記
閱讀一尾尾游走的青春
不斷在文字的海洋裏消失
偶爾聚餐，看兄弟姐妹圍成一團
彷彿所有一切都沒離開

是的，無關乎
我們彼此的存在，隱匿名姓的
年代，擦身而過的我們的頭顱
都已流亡去了，在各自的道路
跨入自己的黃昏，等待自己黎明的到來

我們爭相往前，學習遺忘
在大風吹來時散成了煙
把背影走成一個小點
靜靜，藏在詩與夏天交接的中間

夏天來了又離開，夢和夢
在島嶼一些流亡的身體內繼續腐爛

紀念

你聽懂貓頭鷹的叫聲嗎？
在一片遺失的叢林裏
許多翅膀，飛進
幽暗的夜色，只留下
記憶裏的風聲
叫醒了一些沉睡的故事

那是詩，輕快
掠過童年清澈的眼睛
在故鄉的窗前
與樹梢上的月光

對望

而那時，我們躲進夢裏
不敢聲張，怕時光
離開後，再也找不到
咕咕咕的叫聲
召喚我們天真的想像

直到

另一隻貓頭鷹拍著翅膀，飛進
光碟上，咕咕咕，瘖啞的
我們聽到了自己蒼老的聲音

食道言

當所有語言都腐壞在我的喉結
癌細胞和禱詞穿過時間
交叉的光影裏有呼吸召喚出走的
童年，彷彿很遠
夢也抵達不了的從前

你說我們要遠行，到
死亡裏面，讓故事猜拳
選擇一場更精彩的結局
或在人生蜿蜒的旅次

重新閱讀地圖的指示，然後
走向愛

是的，走向愛，如果我們相遇
在一首詩裏，我將嘗試讀出種種
生活的隱喻，淚水和悲喜
或在漆暗的夜中站成枯木，等待
開花，等待你慢慢向我走來

而世界已在遠方轉身離開了
只留下一段瘦瘦的回憶，接上
斷裂的聲帶，並且努力發聲
讓顫動的空氣打開，一顆深鎖的
心，讓靈魂靜靜聆聽

一些唇音依舊沉默游行
在沾滿光的記憶

等待喚醒沉睡的身體，或重新
把遺落在廢墟裏的自己拾起

那就截一尺陽光，測量生命的法喜
當語言重新站立，你將會看見
在窄窄的聲道，將有笑聲
化成一隻小小的松鼠，輕輕
從病痛的深淵躍起……

占卜

燻黃的龜甲累積著一些希望
躲藏的命運不斷探出頭來
一片歲月等著被別人建構，另一片
在建構別人留在昨日的眼眸

我們是一群尋找自己童音的聾者
在成人的世界學習如何老去
千言萬語都已被時光蛀蝕
好長好長的日子，全化成
平上去入的心事，只能
沉默，不宜說破……

而太陰在左，再向左
是我們不敢驚呼的傷痛

時間之悼

一個地鐵車站在人潮裏失蹤
在無盡的甬道，張結著網絡
通向無人留守的家
白天的時間卻走向遺忘
我們的舊夢，都留在
歷史博物館裏
排列成一張張殘黃的圖照

遠方有人在街上遊行、示威、抗議
青春唱老的歌聲躲在脊背張望
許多曲調已經渡海出走

退成更遠的潮聲
化做異鄉的雲雨

我們遁入虛空，在光纖
交叉的路口，沉默地與人擦身而過
並且與音樂握手
然後在城和城的地下出口
找到遺失的童伴，以及
童年的屍體

樹只能種在植物園裏了，只能
在假日收集小孩的笑聲
排成標本，掛在每一個回憶的窗口
鳥聲也縮進一本賣不出去的詩集
凝結成字跡，在充滿母性的語言裏
交談著整座城的孤寂

而我們在醒亮著的電軌上重新相遇
身體和身體之間保持著夢的距離
不管是夏天，或是秋天
都裹著厚厚的毛衣，尾隨著
乘客漂流而去的潮浪，消失在
滑鼠滑過的螢光板面，ctrl＋alt＋del
竟是茫茫無盡的虛無

一個地鐵站在人潮裏失蹤了
一群人卻不斷越過一群人
在時間的森林曲徑裏競走

一滴淚，卻在我的體內靜靜
流成一條河，然後蒸發
永遠消失在記憶的神經末梢………

狩獵

狩獵者不斷在我心中出沒
並幻想一座雨林，獸蹄四逸
隱入陰暗的山穴

巫者已被流放，與咒術
在寂靜的時光裏沉睡
安詳如一場尚未完成的愛情
穿過均勻的呼吸聲中
隨著一條河
不斷向遠方延伸

雨汛來時，一群羌鹿迅速
從陰影裏竄出，越過
槍管的眼睛
擦亮了寒冷的空氣
風一樣的消失在我苦苦
守候的世界，許久

許久，我等待的槍聲還未響起
夢卻已悄悄離我遠去

日記

每一天結束前，他總是
坐在自己的故事裡面，溫情的
撫摸每一方寸溫暖的時間

某個從眼角遺失的場景，或某個
與情人陸沉的訊息，都必須被
重新捕捉，成為一種生命的祕密

他總是

總是回頭探索自己留下的氣息
循著狐臭，遁入

回憶的地下道，反覆背誦
一段段走失情節的歷史

關於遺忘的部分，可寫或
不可寫，他的文字懂得避開
心情的氣候，傷口，以及
陰暗的窟窿，向前走去
就會遇到
一些美好的時光

他總是

總是很有毅力的將自己
在睡前擺設成一張張遺照
好讓許多許多年後
自己能夠以感傷的姿態
回來　瞻仰

謊言

在舌苔偷偷生長的暗處
所有語言穿上華麗的衣服
往假牙的細縫間遊行
如蛇，隨著輕輕的呼吸不斷吞吐

逐漸世故的聲調，頂著
肥厚的腹部，在空氣中誘捕
迷失的骷髏，穿過
許多互相遺忘的名字

而在一場氾濫的口液後醒來
拆掉了骨骼的詞
爬行，並進入
另一個沒有心臟的墳墓

回家

從時間折回的光有熟悉的氣味，像
那年離去的詩句，摺疊於
記憶的角落，靜謐
等待被路過的夢重新彎腰拾起

童年遺失的彈珠還留在那口
被填平的老井裡嗎？轆轤吊起的
水影，溢出了時光
被誤讀成一場迷離的大霧

在清晨的異鄉，回憶偶然
擦亮那年的空氣，就可照見
一些出走後忘了回家的臉
騎著青春的單車微笑閃過

是那麼久遠啊！收集的背影
也都已長滿了風霜
有些熟爛掉落，有些
還串在夢長長的繩索
等待毀壞，等待
繼續掉落

而我們偶爾在餐桌前圍坐
忘記歲月添置於腰際的贅肉
悄悄往下墮落，光影
明滅，宛如有神的護守
靜靜觸摸著這如常的生活

像那年離去的詩句，縱然漂泊
我們仍將會平靜而
坦然，回望
那光唯一的源頭
生命最後的住所

網迷

夜裡，他常常在網路途中迷失
如一隻候鳥，在無限空寂的
曠野，探尋一片虛無的樹林

他和他的文字隊伍，從失眠的盆地
穿梭於夢潮溼的水道，穿過
城和城的遺址，聆聽時間
不斷敲打他體內的廢墟，然後
化成流水，把他的心事漂走

有時，也會遇到同樣孤單的

幾個旅人，可是
他總是來不及打聲招呼
他們的臉孔就閃失成了空氣

他不斷跋涉，從一個部落到
一個部落，在
沒有呼渡的澤站
看自己的影子也從時光裡走散

最後

只剩下他彎曲的脊骨，瘦瘦
仍堅持，一種釣鉤的坐姿
垂釣著，那暗夜中
天地無邊的寂寞

遠逝

從昨夜航行出去的船隻，隔著霧
以夢的速度，隱匿在時光的浪聲裏

而我們收起的錨，仍滴著
鹹鹹的海水，在已封閉的心室
迴響著不斷退逝的潮聲

所有語言都已沉睡了，一些情緒
微微，捕捉夜裏的風
在舷的兩側，我們放走了一尾尾
浪紋，如飛魚一般閃亮

躍過我們曾經相擁的眼瞳
從此，星空只能遺忘在背後
隨著拍翅而去的沙鷗
閃失在一個已被遺棄的港口

金鷓鴣

手機響起的鈴聲招來一闋新詞
日月如耳墜子搖擺，越過
妳雲鬢的香腮
在天光之際明明滅滅

而被枕翻就，惜夢思的軟床上
山水潰決不復有詩
平仄平仄於韻語高低起伏處

鏡子裡的笑，沉默低腰
穿入回憶的短巷

趴在綠窗臺上，偷窺
一隻從小就被養進畫屏裡的
鷓鴣，發著金光
低沉鳴叫

「殘缺的愛情
　會不會使生命更加完整？」

妳把鷓鴣鍵入短訊
讓牠自由飛走

情／詩絮語

1

我用一首短詩叫醒沉睡在妳底夢裡的天使，讓祂們起來
展開斂翅的羽翼輕輕
拍亮空氣然後如一群廣場上的鴿子飛走

噴池的音樂散落一地，全被投影在地上的雲彩接走

妳轉身旋開的裙角卻和風細細私語那年貓啊貓從
青春角落偷窺
我倒退的背影順著妳唇角的笑紋滑入時間的深淵

抬頭時一場流星雨傾盆而下把我盛開在妳夢裡的夢淹死

2

再見了，電車穿過記憶留下輾傷的靈魂
斷尾的故事唱著輓歌，痛和痛摩擦出光亮
照著愛的孢子在夜風裡繼續向前飛行

斑駁的樹影沉默，一路跟著光陰匆匆穿過
心的部首，世界
還坐在裡面嗎？妳和妳的影子無聲疾走

3

我把雨聲縮小，收在一把曾經共撐的傘中
看一路遠去的足跡涉水而逝……
如今只剩下瘦瘦的傘骨，依然

為挽住一朵回憶裡迸開的水花而不斷開闔

4

最後一片葉子掉落後，陽光用力奔跑
把樹的孤影拉成一條旅人追逐的地平線
我是迷失在南方林間的麋鹿，逐夢而居
以蹄跡，留下
訊息，誘引幸福一次又一次溫柔的追捕

5

妳懂得，一罐啤酒微醺後的泡沫有淚相擁
在背離的死亡上翻譯了彼此的眼神
一生信仰竟如此清澈，如鐘聲搖落晨明的

薄霧，佔領了一朵微笑和
你我的身體，然而
我們卻在占星術裡走失了彼此的星座

6

我是鞋啊，等待一次遠行，把自己走成流浪的季節
並在腳步聲裡尋找那被妳國度放逐了的邊界
不敢跨越，雲和樹，煙和月，迢遞遠方的盡是
走不回去的大路

妳是大路，筆直的向天空書寫
海洋和星光，和一場大夢翻飛後的傾斜
而我是鞋啊，只能在汗水中，把自己走成
永遠找不到自己的日月

小詩十首

晨曲

輕輕托起，樹上墜落的鳥鳴
轉身，緩緩推成
歲月中嘹亮的風

孩子們也都藏起了夢
打開沾滿露水的眼睛
讓羞澀的履痕尋找，昨夜
失落在草叢裏的星星

而翹起足尖，卻跨不進去
記憶裏的童年
因此，只能靜靜的聆聽
天光在綠葉隙間甦醒的聲音

碑記

世界都離開了，我還在
這裡，看天光從我的瞳孔
一步一步遠去

最後，只留下一塊
碑石
銘刻著曾經心跳的名字

故事

我是妳漆黑瞳孔中的一枚螢火
在流離的河岸，穿過茫茫大霧
點亮了夢和心事，然後

熄滅為一滴淚
在別人的故事裏不斷自我放逐

記憶

他用數位相機將一條河流
攝入
自己的歲月裡

每晚，他聽到河水潺潺的聲音
以及自己不斷流浪的身影

停車場

一座空洞的停車場，收藏了
許多秘密和心事

妳懂的，這裡的位子無法長駐
偶然的相遇，偶然的離去
都是我們的故事

號子

加權指數壓在島嶼的脊骨上，頸線六千
是龍是蛇決戰於任督二脈之間
看外資的大軍如何衝鋒陷陣，投信棄守
散戶崩潰如沙不斷繳械至斷頭
一點半後，歐巴桑菜籃裏的午餐早已涼冷

對奕

我們的夢盤坐在墓碑之上
下棋，勝輸只在於舉手與回手之間

一生翻覆，晝夜比長
碑上的名字剝落已不復再記了

百年之後，荒草如煙
我們卻輸掉了一整個人間

空

貓躍過午後矮牆上，留下
爪痕
聽寺廟裡的師父
喃喃唸著：

南無阿彌陀佛南無阿彌陀佛

木魚夢遊去了
只有落葉，敲響鐘聲
和一樹蟬鳴

寂寞開花
有一首兒歌在花海裡唱起

斷無消息

想像的盡頭，石榴紅
斷無消息的是
一句
折翼的詩

草書無主，文字
支離，剝脫的墨跡曾
刻有妳的名姓

太久遠了，許多故事
只有石碑知道

有夢

子夜，有夢在我頭頂上不斷旋轉
時間如履，無聲遠去
睡眠的薄冰上誰還在獨釣江雪？

神們遺棄的星座早已荒廢
圮山、潰水，有霧迷津
死亡卻在闃黑的鼻息上飛翔

月光悠忽釘在牆上
驚醒數行蛇遊的草書，沒入
歲月深處，終及
虛無

有夢，旋轉如星，如
可以安放小小快樂和憂傷的
陀螺，讓光塵紛飛
讓世界在其中靜靜安睡

輯二

逃行

後山碑誌

每一刀銘刻的碑記有時光的聲音，誦讀
走入歷史的名字和身影，在太平洋的浪聲裏
光影坐在水尾，說著泰雅語、阿美族語、卑南語
福佬話與客家話，喝酒、唱歌、跳舞
並遊行到太麻里，海岸線卻跟著統治者的腳步跑
一些留在沙灘上的腳印，在潮汐起落中悄悄地退走

而雙慈宮的天燈仍在，仍照亮一些
暗淡不明的臉。煙火開放在三月的春天
鴿群卻飛成關山嶺上的一個小點，夢被疊好
藏在碑字裏面，三百年，又是

另一個杜鵑花開的春天，離鄉的雲都會
回來，在故鄉下成一場滂沱大雨
娓娓述說著與這土地永恆的思念

偶爾也會地震搖晃，如我們常常哼著的歌
碑碣都會聽到。偶爾把颱風貼在窗口
對著忘了回家的孩子呼喚，偶爾
也招來一些家常閒話，將平淡的生活拉拔長大

碑石把故事沉默地記下，穿鑿歷史
與後山的日光走過每一個城鎮的巷弄
一些記憶已結成了鹽沙，嵌在字與字的縫口
有人來了，有人匆匆地離開
故事在碑記裏不斷延長下去

從得其黎、新城、岐萊、周塱社、璞石閣
大庄、石碑到卑南，銜接向夢的盡頭

黎明輕輕走過，在他們安穩的枕上
歲月已被摺疊成一首平和的曲調
點亮了每一個睡夢的微笑………。

而小市民如我，在後山城鎮的碑石中
挖掘，一塊塊最堅固的歷史和
夢，一盞用詩點亮的人間燈火

雲林市鎮詩圖誌

0 序

一隻台灣藍鵲悄悄從光緒十三年的
回憶枝椏上，飛向
午夢醒來的胸前，光影從綠樹叢中瞬間
閃過，隨著時光的尾尖
繞著120度的東經，蜿蜒向23度的北緯線
鎖住了一百二十年的歷史，然後
躺成濁水溪上潺潺清亮的水聲
說著一則永遠不會老去的故事……。

1 北港鎮：童年的詩章

涉過笨港溪，童年的歲月書寫了一首
月光從甘蔗園裡躡足走來的詩
並尾隨阿嬤的身影，穿過
義民廟、碧水寺、牛墟到奉天宮
穿過，許多香火燃亮歲月後說不完的傳說

希望和幸福也在日常的生活裡逐漸
長大，閱讀著熟悉的跫音
朝每一條小巷走去，身後
隱隱傳來，打鐵街上
一百年前鐵鎚敲打著歷史的聲音

循著日殖時的遺跡前進，日語退入
荒野，所有吶喊聲剝落了
只留下一支稚真的竹笛，在廟會的

祭典，為你吹奏一支故鄉純樸的夜曲

而南陽國小門前，風琴敲亮了晨光
與校歌滑入時間大街的盡頭
遠方的樹影卻拉著樹影，列隊
魚貫走進小鎮深深的夢裡

日和夜，繼續跨過笨港溪
一百年、兩百年、三百年，繼續
永不回頭地向前走去……。

2 虎尾鎮：百年之歌

從阿祖唇角的五間草寮傳說中走出來
語言灑落成燈下燦亮的光，在
已經遺忘的故事裡重新拼貼鄉愁和記憶

雲洲大儒俠史艷文卻從明末走了過來
穿過清朝和日殖時代的大霧，以純陽掌
將隱藏在小鎮裡的時光拍開，流成了
虎尾溪上不斷向東流去的水聲

而百年前的舢舨仍還擱在溪岸上，等待
載走一些年月，雲和夢，以及
所有殖民者的影子

只留下

同心公園裡的百年老樹，默默讀著
阿祖童年時赤足走過昭和十五年的
大街，跫音來去如一首鄉謠
唱老了糖霜，唱走了五分車，唱醒了
虎老爺的傳說，夢想也會在這裡
轉彎，回到阿祖的故事裡面，然後

守著故鄉小小的窗口

鐵橋上的火車響起了嗎？
虎尾的風，繼續唱著一百年前的歌
唱向未來的繁華大夢

3 斗南鎮：幸福的辭典

燕子在電線上排好音符
沿著東仁里、西岐里、南昌里、北銘里到
小東里，吹起一首又一首民歌：
「他里霧，青草埔，開基公，是平埔
清初時，沈紹宏，來起鼓……」

而暮色卻從平原上跨了過來
在巷口
與匆匆趕集的小販相遇

夜市的燈在此點燃星光，刷亮了
躲在門後的生活，一些鹽
一些糖，一些太平盛世的想像
栓在歲月之上，與夢
一起成長

耕犁過的風景，記住了一百二十年
龍圖井中清澈的水，可以照見
歷史蒼老的容顏……。

他里霧，向南，再向南
就可找到一部幸福的辭典

4 西螺鎮：不老的故事

我在鐵橋上擺渡黎明，並向
濁水溪問好

當旅人走過一千九百三十九點三公尺的夢
一枚晨星已落在歷史的彼岸
天，亮出了一個新世紀

往光的甬道走回去，延平老街
正說著一則不老的故事，鐘樓靜聽
古老天窗的呼吸，那一排屋子
睡了一百年還未老去

而遠方，依稀聽到振文書院有朗朗書聲
從歷史傳來，如夏日青瓦屋上幽幽
蟬鳴，唱醒了兩百年沉睡的記憶

Sorean，這每一寸土地都會長出豐腴的情感
剝開來是潔白肥美的米粒，餵養著
夢，讓美好的日子快樂成長

光陰還在測量嗎？我的腳步，繞過
七歲，想像卻化為羽翼，閃入
遠方綠樹之上的天際

離開時，不要忘了
帶走兩瓶醬油，淋上回憶
將有溫柔的美味
永遠緊緊捉住鄉愁的味蕾

5 土庫鎮：蒼涼的鎮碑

「歡迎光臨」：讓我們從一碗鴨肉麵線
走入昏黃的老店，讓鞋聲尋找
島嶼地圖上拓出一個小小名字的鎮碑
螢火蟲曾經點亮的泥濘小路，帶著日子
快跑，向前

就跑出了兩甲子的年月

順天宮的香火，燻黃了
許多蒼老的臉
石獅蹲著，看百年的悲歡離合
都化成了煙，然後
寂靜的消散

夜裏，睡眠在一代又一代的夢裡
延長下去，塵埃
默默記錄著生活的腳步
揚起，或沉落
漸漸累積成小鎮的荒涼

而泥濘的小路還會弄髒褲子嗎？
雨季來時
我們撐著傘從柏油道輕快的走過

「謝謝光臨」：土庫的鎮碑
低頭，彎腰
不說甚麼

6 斗六市：北斗之南

鹿群的蹄跡書寫了一冊原始的史書
北斗之南，六星並列
傳說在此，開始學習造句……

開荒的鋤頭和鐵犁翻開了文明的序言
明鄭走過、清兵跨過、日軍踏過
這土地，以隆起的歷史回答
血和淚的故事

而星光遙照著一城的街巷，無人讀懂
繁華背後的荒涼，身世

只有從一列古蹟中檢索尋起

太平老街說了一段，從樓房到
樓房，水泥寫成的古老意象
那裡，每扇窗口都會唱出
百年的老歌，沙啞的
聲音，沉沉托著時間的重量

湖山巖寺又說了一段，暮鼓
晨鐘，線裝成古冊
壓在一座斑駁的石碑之下

涵碧樓又說了一段，在圖片上
時光繞了過去，遺址
空白，只能留給一首史詩想像
百年的輝煌

北斗之南，六星並列
在此，圍成了
一座圓環，讓噴出的水花
夜夜述說
過去的滄桑，未來的燦爛

7 跋

彷彿星宿發亮，照著億萬光年的
城鎮，蝴蝶蘭在此開放
淡淡的幽香，拂過
莿桐鄉、林內鄉、古坑鄉、大埤鄉、崙背鄉
二崙鄉、麥寮鄉、臺西鄉、東勢鄉、褒忠鄉
四湖鄉、口湖鄉、水林鄉、元長鄉……如
星河無聲流過，串成一條
項鍊，掛成平原上無限的遼闊……。

台南碑記

0

有些模糊了，歷史坐在逐漸風化的記憶頂上
以老花眼睛閱讀一座古城的故事

是不是要用夢和鄉愁的腔調來敘述？
以三百年的舌頭，或更老的喉嚨
把滄桑的語言重新摺疊
細細藏在風沙磨過的碑字裏面……

1

那就循著刀斧走過的路，回到祖太拓殖的
地圖，炮臺醒在初亮的黎明岸口
黝黑的膚色書寫了一部農耕的史冊
汗滴成了逗點，把粗糙的掌紋
拉向安平的邊緣，白鷺鷥從波浪的額紋上
飛起，然後棲息在祖太回憶裏的水田

時間不斷倒退，退到祖太的童年
島嶼的典故掛在夏天的窗前
牛皮鋪成的大地，捲成了一支菸
讓祖太的祖太吐成了煙霧瀰漫的從前從前

福爾摩沙攤開成麋鹿奔躍的草原，在
荷蘭人的軍艦來臨之前
歷史被包裹在一部自然的辭典

文字是樹、山和清澈的溪泉
番刀出沒在祖太小小的想像之間
傳說在四季裏流浪，並躲閃
殖民的語言，從羅馬拼音、北京話到
日語，祖太堅持用最母親的語言
測量自己民族的靈魂和尊嚴

還有那條出走的辮子，瘦瘦的
吊死了一個朝代，老古石港的船隻
卻留下了一條歷史的水痕，記載著
砲火、拓荒、起義和地震搖晃的民謠
在子孫一代一代的夢裏盛開

而時間擱下的年號，縮進開元寺的
匾額上，凝固成暮鼓晨鐘裏缺角的問號
祖太卻把老去的光影，綁住
裊裊升起的炊煙，在北勢街上

駝著背，遁入一個失語的年代

那是大正四年，西來庵裏的頭顱
圈點了一頁帶血的史詩，然後蹲進
祖太頓挫著刀斧的紋路，站成了一種
風骨，等待日月山河來此閱讀

2

是的，必須閱讀天地的磅礡如閱讀
夫子廟的經文，或在此栽種氣節
如竹筍抽長，嵌在首府的門額
春秋由此轉折，季節走過
歷史的腳丫踏出了如刀斧銘刻的詩歌

昭和十五年，父親龜著身子把自己
縮入五十音的甲殼，牙牙學語的舌尖

頂住姓氏，在拗音的轉口
計畫一次偉大的逃亡

木屐已被遺落在後，再向前
是民國三十四年，台南共和國的郵票
殘黃地寄不回到五十年前的鄉間
卻在火車站口送走了一批批殖民者的鞋
母語也脫掉了和服，重新
找到，父親自己最深沉的喉結

一張地圖重新被注音，從中山路轉進
中正路，父親迷失在中國城的
煙霧裏，白色迷濛的恐怖，穿過
無數重疊的暗夜，狠狠地
把沉睡的夢敲醒………

黎明是等待風暴過後的天涯

犁耙耕過的童話，已被一群政客暗殺
許多假牙把歷史嚼爛，還有更多的
假牙，等待吞噬沒有骨骸的神話

夜裏，父親把影子扶好，重新
站立，重新閱讀天地的磅礡如閱讀
祖太銘刻的碑記，那裡
將有曙光照過，並會開出
熱血燦爛的紅花

3

讓我以一朵鳳凰花，進入奇摩網站
搜索，烈火熊熊，燒亮了
古老的傳說，一條運河急急切過
祖太的命運，父親的困惑，隨著
滑鼠移動，全淹沒在

千千萬萬的資訊垃圾裏，並被
一群群網路上的衝浪客，拋落身後
迅即沉入全球化的漩渦

而古城可不可以虛擬，碑誌
可不可以修改？當歷史被鋪成
溝蓋，我們後後現代的孩子穿過
新光三越、華納威秀、新天地、ＳＯＧＯ
會不會用３Ｇ手機，下載一座
古蹟，或傳來一則快被遺忘的傳說？

我循著游標繼續探問，遠方
三百年前的一隻麋鹿，還記不記得
島嶼的山青水綠，以及原住民
最原始的一支山歌？如天籟弦鈴
扣和著大地的韻律，穿越中央山脈
來到我的ＭＰ３，娓娓述說

祖靈的流離失所，夢的凋落

而鄉愁已在時光裏剝蝕成一顆
沙粒，嵌成詩的隱喻，夾在
百貨大樓和百貨大樓吐出的縫隙之間
一條窄窄小巷蜿蜒進去，歷史
躺在巨大的陰影中喘息……

闔閉視窗，游標猶如驚慌的小鹿躍出
卻再也找不到一條回去家鄉的路

0

脫落的文字已逃進學者的注腳，想像
被學院壓縮在薄薄的光碟上
三百年成了十六節課，把新新人類的
耳朵，拉向垂垂欲睡的夢所

而每塊碑石都依舊活著，以堅硬的
歷史和傳說，在斧砍過刀刻過
之後，苦苦等待
一盞重新照亮魂魄的燈火

金門三品

1 金門貢糖

含在嘴中的甜蜜，宛如
愛情，緩緩
在心裏散化

最後，化成相思
縷縷，糾纏著夢魂
在千里之外，仍能
回味自甘……

2 金門菜刀

仿如回憶，永不生銹
那光亮一閃，隱隱
響著黎明前的炮聲

千度的爐火燒過
萬斤的鐵鎚敲過
歷史，壯麗如歌
在鋒口，卻被切成
兩岸不敢驚呼的傷痛

3 金門高粱

時間沉睡在
酒香的夢裏
料羅灣岸千涛浪濤拍打不醒

只等待
閱兵場上號角一聲
所有胸中的風雲，都會
拍案而起………

祭典
——記民雄鄉大士爺廟慶誕

離鄉的孩子都長大回來了，在這廟慶
有些影子仍懸在童年的歲月上，隨著
嘉南平原的夜色在璀璨的燈火中燃亮

所有熟悉的跫音都在敘舊，滿街的
風聲，把往事說成了家常，在小鎮
多雨的海口，犁過萬頃的夢，化成
百年歷史的煙火，在廟前守著
故事和傳說，和火車輾過的悲歡離合

巷子與巷子在交頭接耳，跨過去
是記憶的鴻溝，被晾乾的月色
掛在祖母的話頭，照著四處漂泊的
母語，朝著每個叫賣的攤口
搜索自己瘦瘦的日記，如
淡淡的一行足跡，在久已
凋落的蟬聲裏，沿著市聲一路走去

走回老街，在一畝畝甘蔗田退向
昏黃的老店，有貓前行，躍向
回憶的峰巔，許多少年從
蒼老的瞳孔中出走，瓦上的
蒼苔，老向鬢邊，卻在
彼此相互遺忘的小名裏再見

鞋和鞋重新書寫，關於廟的
詩篇，香火迷濛中熟悉與陌生的臉

如繁星點點，閱讀著
鄉里三暝三日的鑼鼓喧天⋯⋯⋯

閱讀北京

1 古鐘樓

黃昏被磨損，只剩下
缺了一角的鐘聲
與一群燕子掠過
明清留下的天空

跨過時間
斑駁的回憶在
階梯口仰望

光，一點
一點地走進黑暗的心臟

城門已緊閉
守更人睡得正酣
在十元人民幣的門票上
歷史不再醒來

2 鼓樓

摘下夏天以後
牆上的影子開始成熟了
詩的藤蔓垂到古老的板石
走向家

而幻想的雷聲滾動
穿過暗夜

骨頭裏
風聲逐漸遠去

歲月破了個大洞
天還是很黑
許多人散失
回來的卻是另一些人

緘默
永遠是最好的結局

3 琉璃廠

走進瞳孔，舊夢陷落在
更殘舊的夢裏
落款後，篆字
化龍化蛇而去
已找不回從前了

塵埃有點疲倦
脫去記憶，只留下
一面虛假的笑臉

所以，忘掉榮寶齋
一個人站在畫裏看畫
時間剛好，停在
今天，七百年後

一聲聲蟋蟀的鳴唱
在街頭轉彎處，落在
摺痕淡淡的畫裏………

4 大柵欄

故事說到這裡已接近尾聲
繞在老年脖子上的辮子已睡去

燈照亮一座江湖
銅在燃燒
歌聲躲在胡同裏不再出來
只有旅客的鞋子四處游蕩

天亮了
店門挨著店門
又全在明信片裏繁華了起來

5 天安門廣場

坦克車在身上書寫的禱辭
化為蝴蝶，在
口號中找到春天

升旗、降旗
頭顱向左轉後又向右

圍觀群眾的眼睛
都飄散為天上的星星

而面向東方，未來
交叉的路口通向世界
許多身體被摺疊起來
擺放在英雄碑下
博物館裏走資派正在遊行

繼續前進，繼續
毛主席在身後大聲吶喊

6 老舍茶館

被修改了的劇本
戲詞全在舞臺上流亡而去
北京人開始抬頭

打起領帶耳貼手機背誦臺詞
一口白話說到了腸裏
只剩下一肚牢騷

老舍不在了
外國遊客們穿過小說的情節
走累了，上樓
啜口茶，讓好奇的目光坐下
看中國文化變臉、耍雜、說相聲
並把想像放大，在攝影機前
五十年的舊夢成了幾張照片
微笑、握手，光影一樣地疾走

老舍不在了，我的膀胱
卻在茶水中沉淪失守

7 秀水市場

夢也可以made in china
神離開了，讓我們沿著絲綢之路
回到神話的王國

Nike、Adidas、Prada、Polo、YSL
靈魂模仿靈魂
跨入你的身體我的身體
我們的身體內欲望在唱歌

而排列的喧嚷高低起伏
如浪，淹沒亞美利堅大使館的塔尖

哈利路亞，上帝在這裡
已經被複製成ｒｍｂ*
中國人民的勝利也被
複製成ｒｍｂ，天使在
經濟學者的頭上唱歌

在這裡，舌頭們搖動
不斷，複製出一個
富強的中國

*注：ｒｍｂ是人民幣的簡稱。

老兵

老兵A

以槍眼對著夢，前方
世界都在唱歌
而歷史穿過歷史
走過的河隱入記憶

童年都已離家出走
子彈破空的風聲
像歲月，年年回來探訪

逐漸衰老的舊友

再回首，一切都已成了
傳說，只有影子掛在窗口
高高的，如
月月望鄉的月色

老兵*B*

從槍管走過去，家園
是倦眼中的一滴淚

越過掌紋，我們
不斷在記憶中放逐自己
在時間中，拼命
潛逃

不敢回頭，不敢
偷窺母親點燈的背影
像無邊的黑暗
打開門，走出去
已是白頭

還有多少風浪摺疊成
夢的皺紋，在
拐杖和輪椅之間
繼續綵排，一則
破碎的神話

老兵C

劫後歸來，只剩下
一顆彈頭，在傷口深處
不斷，對著體內群集的

孤寂與死亡，對話
而八千里外的路，和夢
已被醃乾，掛成一抹
窗口上漸漸沉寂的
夕陽

攤開地圖，鄉愁也只是
一首錯譜的歌
過了岸，即在
兩岸歷史的迷霧中
淹沒……

民國

從思想拓印的語言粗礪宛如
漢碑的隸書，不斷從風雨中
掙扎，並張開手臂牢牢抓住
滾動的喉結，在薄薄而透明的
痰裏，隱匿著逐漸臃腫的自己

於是，把所有的沉默化成微笑
鞠躬、點頭，把自己削瘦的靈魂
收縮在腸末，與已消化的穢物
等待一次痛快的發洩……

歷史，已在生銹的
時鐘機件之間
緊緊打結

小站

鐵軌盡頭是我童年的夢，那裏有一隻白鷺鷥
在已廢棄了歲月的田野上孤立，我向牠招手
只有無限空洞的聲音對著我回應

黃昏時我從幽黯的燈光裏等待一輛南下的列車
回頭時看到阿祖們孤寂地坐在古老的木椅上
腐爛的氣味和疲倦的聲音都被收進那已遺忘的年代
可樂的鋁罐卻被鎮童踢得噹啷亂響，在夢外
我們都是一群等待回家的旅人

而蛛網張結的角落，我已忘記背誦歷史
唯有沉默，讓所有喧嘩的聲音像風一樣吹過………

逃行

擬代：一個理想曾經燃燒過的七〇年代

從一匹想像的滑梯溜下，七〇年代旋轉
如馬戲團裏的木馬，旋轉著童年黑溜溜的
眼睛，滑過大人為小孩設計的髮型與課本邊緣
在注音符號破碎的規格上，計畫一次偉大的逃行……
我們偷步跨過禁講方言的牌子，拐彎
在蔣公的銅像面前，閱讀龐大的思想陰影
穿進廣播站、電影院、報館、街坊和公園
穿進我們逐漸遺忘的時間，在晚間新聞上
隨著播報員的呼吸暖如和風潛入夢境的庭院

我們繼續逃行，盪著叛逆的鞦韆
狠狠踩過城市流行的謊言，讓發育的脊骨
飢餓地踮起腳尖與尊嚴齊肩，沿著陌生的街道
不再回頭的向前，向蟬聲叫破的夏天
尋找沒有大人設下遊戲規則的兒童樂園
沒有答案相同的考試和蒼白的腦袋
沒有厚厚的鏡框與臃腫空虛的稻草人
沒有暗夜的柵欄和土牆圍堵的歷史，在
六十四開的旅行手冊上，我們追著一粒棒球
幻想小飛俠穿過島嶼的時空，在被催眠的年代
發現自己如同發現一尾尚未腐蝕的魚骸
在陸地上，堅持著自己初泳的姿態

而背包裹的生力麵和老祖母的皺臉，緊緊揪住
沉默的語言，我們隨著民歌的音樂
穿過童年記憶中的甘蔗田，被收割的
歲月，也全爬出回憶的壕穴，昂頭張望

教科書的廢墟傾斜在夢想的脊背，在
不斷尋找方向的腳趾前，立法院仍沉睡在
老人們的假牙之間，再向前
地圖漸漸向世界開展，圖像和文字交媾的
政治宣言，燃燒如赤色的火餤
燒向美麗島，燒醒暗夜中沉沉重重的睡眠……

大人們持續為小孩制定課文；包裝遊戲和夢
我們卻不斷遁逃，在路上收集前人的腳印
在光影中埋下情節，在黑白的照片裏，企圖
瓦解圖騰的夢魘，並忘掉所有的祖訓和
家規，赤著腳丫走上十字街口，舉起
思想的拳頭，列隊遊行，然後
像快速擊出的球，憤怒地投向更遙遠的前方

彷彿是陷落在光的底層，童話的煤燈熄了
成長的骨骼撐開了少年的夢境，回不去的
家，以及刪減不掉的鄉愁，輕輕
降落在時光的沙灘上，彷彿一枚遠天的星
在我們結束逃亡的旅程後，依舊幽幽
照著我們乘坐的想像魔毯，穿越了
所有留在這土地上的愛、淚光和嘆息
穿越了我們開始認識自己的年代！

輯三

心經

行／草五帖

1 臨摹王珣〈伯遠帖〉

時間走遠，水聲從溪石間逃逸
昨日的青苔開到潮溼的歲月頂上
一些足跡已被收進記憶的庭院
陽光正好，穿透午睡的夢境
叩響了荒涼的空氣，一群
白鴿振翼飛起，盤旋然後
掠過青綠的草地，化作五行
雲雨，悄然進入神的眼瞳裏棲息

而寂靜的書院有靈光閃現，宛若
龍蛇，藏在毫巔，蓄勢探向
不斷退後的霧氣，並與眼神
流離在破碎的歷史與歷史之間

那年，所有的心事已轉身離去
螢火點亮的韻律，在風裏
遊行，隨著蜿蜒起伏的山脈隱入
暮靄幽深的時光小徑，有詩
驚起，在子夜清涼的胸襟
如星醒亮地誦讀自己

隔岸的妳聽到我呼喚的聲音嗎？
潮浪來去，千年只是一線
抒情的目光，縈迴於隱喻的字體
跨過政治的圍欄，凝定、屏息
於不相瞻臨的文字之上，以煙

以月，摹寫一帖春意淋漓的密語

淋漓的大氣轉彎，那裡
我們終將會遇到久已遺失的身體

2 背臨王獻之〈鴨頭丸帖〉

遺忘之後，虛空有象恍惚閃電疾迅落下
是鴨是鵝，鼓翼迴向季節遞換的間隙
墨水剛剛在此路過，昂頭
聆聽到拍翅的風聲在光影中隱沒

而秋的霜寒逐漸成形，在兩鬢
開向寓言的沼澤，芒角已被磨平成
世故的臉，微笑、點頭、讚美
骨節卻只能隱藏在筋肉之間，把
回憶鎖死，並放走一群青春的夢想

所有語言已經噤啞，只有墨跡
在時間深處說話，蟬嘶般
哀悼一座森林的消亡，遠山卻
不斷退後，退到剩下幾片葉子
輕輕覆蓋著老去的年月

回頭，雲水循著記憶的路
向前走來，在微明的窗口
氣韻交錯，結構依此
跳動的脈搏，把流水的心事
重新包裹，然後學習
讓自己，靜靜臥成一條
迤邐遠去的河

而世界依舊喧嘩，在
氣候逐漸降下的角落，有
大夢滂沱，寂寂下在

枯乾的心田，悠悠恍然而過

3 閱讀陸機〈平復帖〉

是刀是劍，是兵刃相交的鋒芒
是行軍的馬蹄篆刻泥岸濺起的
雷雨之聲，是眾星涉河
爆響的無韻之歌，是病
在這離亂的人生裏銘刻著愛與鄉愁

當想像如枯藤攀向一支腕底的禿筆
星雲疏落，從殘缺的年代裏逐漸剝蝕
斑駁的文字在生命間交叉而去，如
我們曾經相擁後分離的肉身，是否
還能在死去的體溫中辨識彼此的心跳？

我常在自己的夢裏踱步，收集回聲
或將睡眠摺疊在一首詩裏，背誦
一段逃脫的經文，窗外
草木茂盛，日月悄悄浮動
往事卻斂翅於傾頹的意象之中
一些相愛的句子
也久已不相聞問了

而臨摹的風骨會不會在老去的光裏
斷折？嶙峋風化於蠹魚隱身的葉冊，與
筆墨轉折的脈絡遁入子夜微倦的眼
在異鄉臨居的寢室，偶爾抬頭
就能聽到星光在遠方漆暗的雲天裏唱歌

死亡仍然垂首靜默，在我閱讀的
身影裏，匿藏於燈的背後

神鬼退守，留下一方雪白的淨地
澄明、寧靜，如童稚的笑意
消融在一片茫茫襲來的霧裏

我枯坐，在時間裏收藏好自己
並輕輕將墨痕的滄桑從衣上抖落

4 對臨懷素〈論書帖〉

狂草如癲，穿鑿滿腔沉積的情緒
如蛇在晨光裏遊走，並跌宕於
大寂的時間之下，隨著心律節奏
落在河的轉折之處，尋找
一種無言的寧靜，神的光彩

而禪如是說，洞破空無，揮筆
身體如丘壑，褪入日漸消瘦的冥想

悲喜離去，愛恨也已走遠
凌虛的意念卻蹈向氤氳的水面
化為蒸氣，裊裊而起

窗口的日光在樹葉中穿梭，鳥聲
散落在一頁翻開的書帖，近蒙薄滅
墨與墨交接，瀕臨中年的深淵
日子魚貫而去，留下怔忡的眼
在初夏的島嶼邊緣徘徊……

無須赤裸相對，關於凜凜風骨
悟與不悟，盡在起筆和落筆之間
切向血脈，歲月的深淺
交疊成一種神會，在彼此
相忘的窗臺，讓欲望的形骸脫下
還原為一個初生的嬰孩

而凝視的前方，時間仍如如不壞
為石，為夢，為梔子花開
為如來，在收筆深處，等待
歲月與歲月相互撞擊的迴響………

5 摹寫黃庭堅〈諸上座帖〉

黃昏最適合入筆，以脫胎換骨的技法
描摹一天翻飛的雲海，以及
水田上迷途的一群白鷺鷥

暫時把遼闊的江湖擱在詩裏，讓我
重新沿著墨水探問，激越的風聲
沉潛的魚龍，禪師的雋語
讓所有無明的塵埃落地，在
每一條線紋裏，開啟智慧

而提筆、捺下，神出神入如
鷹，滑翔於雲氣浮動的山巔
順勢向遠方飛去。季節卻已被
削成煙雲，在額上
追趕著蛇入暮色蒼蒼的小徑

陳無已在哪裡呢？點鐵
如何成金？當所有的詩都老在
我底懷裏，腐逝的句子
如夜雨降臨，消散在茫茫的街口
墨韻深處誰又會再為詩點燈，覓句
模擬著一種古老的旋律？

我獨自前行，揣摩筆墨頓挫的情緒
穿過文字如蘭如竹交接的彎角
看夕陽退進毫末，緩緩
被宣紙吸乾，擱在平闊的桌上

我仍守在這裡，與詩
為妳，靜靜坐到燈火亮起

心經

觀自在菩薩，行深般若波羅蜜多時，
照見五蘊皆空，度一切危厄。

1

當我的眼眸躺成一只獨木舟，划入
時間深處，水聲逝如
回憶，一條逃亡的河遁向
意識的叢林，回到
最初，夢與夢相接的搖籃地

因此，我們全都褪去
耳、鼻、舌、身、意，以氣
遊走於縮進石碑文字上
眾生蠕蠕的欲望，尋找
蟬，音聲交響中迸發的光亮

而彼岸是此岸是彼岸，打開門
般若在暗夜裏萌芽，開花
照見渡與不渡間，影子相錯而過的
虛幻，向無數復活的晨明，叩求
一朵朵遺落的詩………

一朵朵微笑，從我們廢墟一般的
肉體，穿過呼吸，冉冉升起

2

舍利子，色不異空，空不異色。
色即是空，空即是色。受想行識亦復如是。

一襲衣服中被掏空的命運，飢餓著
潛入沉思的海底，追尋不斷迷失的
自己。我是我，蛻下身軀後坐入
心室，整座城市在寂靜的夢裏搖落

無關乎色與不色，如是如是
蛆蟲在我的舌尖上唱歌，卸下的
時光，涅槃如佛，在空曠的宇宙上
沉睡，如是如是，彷彿退向
童年的樂園，剝開記憶的薄殼
我把自己藏在脫乾了水分的暮色
暮色是我，在火中遁沒……

而受想行識張開四肢，擁抱後
分離。宛如去年的風，今年的
雨，宛如被解構後的霧，在
每一座意念的山頭出沒

我們都蛇走如影，在激盪的空氣中
搜索不斷亡佚的軀體，在暗夜的
角落，隨著荒涼的語言四處漂泊

無關乎色與不色，遙遠的星光
清醒的呼喚、離散的波浪，虛空
虛空的，向著同一個方向沉沒……

3

舍利子，是諸法空相，不生不滅，
不垢不淨，不增不減。是故空中，
無色無受想行識，無眼耳鼻舌身意，

無色聲香味觸法，無眼界乃至無意識界。

沉寂地捏出了一顆宇宙，彈出去
成一團被放逐的燐火，在大風中唱歌

而音符渾圓滑轉無聲無色，散步、睡覺
禪坐，在無人走過的心臟上升起和
降落，如日月運行，在深空的山林，等待
一隻迷失的麋鹿緩緩來尋……

沿著詩的小徑，恒河八萬四千沙數，如
嘆息，將自己輕輕吐出。吐出
去年剪下的背影，遊入充滿隱喻的
草書，幻化做歧路上尋找自己的腳步

而塵埃浮動，意象奔走，被
抽乾的時間密封，藏在核內，成

小小如來，風過火過，生過死過
說法的語言全都掉落，退向
瘖啞的年代，甲骨的文字仍沉睡在
你我的脊髓，緣生緣滅盡付一滴
淚水，一滴渾圓無聲無色無味，彈出去——
在懷的宇宙去如流星，劃亮
千古無邊無際的暗室………。

4

無無明，亦無無明盡，乃至
無老死，亦無老死盡。

灰塵散落在深暗的冥想裏，漾起水紋
圈住風中逐漸老去的臉。妳在
死亡裏，閱讀我因思念而膨脹的細胞
循著輕輕跳動的脈搏企圖向遠方逃亡

而我張開恐懼的網，熄滅昨夜所有
靜止的瞳光，躍過無數翻逝而去的夜晚
把自己匿藏在時間背後，彷如魚卵
在溫暖的海水包裹中，找不到潮來潮去
可以擱淺的兩岸，只緊緊
牽著，一去就不再回頭的水痕……

從衰老中走向衰老的故鄉，五官
拼貼的聖堂，仍向西
朝拜，失落在山霧裏的星光
並把六根，埋入泥土之中
散開，成為潺潺不絕的泉聲

如沙粒，趺坐
風乾所有的愛情，關閉
夢的窗口，我終於在妳的

眼睛裏，看到自己坐成了一面
鏡子，映照著深深的天空

5

無苦集滅道，無智亦無得，以無所得故。

翻開空頁，歷史縮成一點
無人負手的山巔，只有明月
照遍荒野如茫茫的雪………

人類學還未跨入學院，理論淪陷在
學者口中滔滔的江水，大江
東去，不醉不歸，歸不去的是
最初空白的一頁，精子尚未成形的
洞穴，歸不去未來的大夢大覺

而苦已生根，在四肢撐起的祭典中
緊緊抓住香火，以年輪搜索
裊裊的煙，掩過漫無目的的生活

佛仍在漂泊，在流離失所的語言裏
在空洞的論文上，在阿彌陀佛的口號
漂泊如風中的塵埃，從廢墟的史料中
走了出來，走向自己充滿欲望的肉身

緊束的世界終於敞開，過去、現在
未來，歷史無人走過，明月依舊
依舊照遍荒野如茫茫的雪⋯⋯⋯

6

菩提薩埵，依般若波羅蜜多故，心無罣礙
無罣礙故，無恐怖，遠離一切顛倒夢想，究竟涅槃。

瘦骨露出的慈悲，撐著
傾斜的世界，有情眾生面目全非
愛著、恨著、笑著、哭著
排列成一堆頹圮的土，在
合十中，迴向太虛的音聲

而我該如何鍵入，我的
靈魂，靜靜臥躺在
時光的子宮，等待生成
肉身，在喧嘩淫淫的塵世
蛻去尚未成形的心事，無夢
無色、無歌，穿過
重疊的陰影，來去如風

有腳步聲從遠方傳來，彷彿
晨光跑過無人的巷道，繞過
一圈圈年輪，無有恐怖，無有
智慧，無有懺悔，在一片
寂靜的果園之前，尋找
自己迷失的方位

昨日的足跡棲息在今日的記憶
今日的回憶下成異鄉的雨
大音希聲，在托缽的手裡
雲水離合，大夢未醒
而我們的睡眠，卻在
死亡的死亡覆蓋下持續下去……。

古詩變奏曲

1 登高

一路踏著上去的階梯都在
腳下呻吟，旋向天臺的風
卻回過頭來，撿起海峽兩岸
一群政客的吶喊，然後
在歷史的長河上，化成遠方
沙岸上白鳥的翅影
消失在暮靄深深的叢林

此刻，秋天已經白了頭髮
在我心裡，落葉飄飛
追著往事在這座島嶼上
徘徊。十二年做客
把鄉愁也坐成了病，在詩裏
佇立，眺望著夢揮手離去

於是，只能將自己的影子
摺疊起來，藏在文字的縫隙
讓鞋子帶走

而留下的
只是一罐台灣啤酒
不適合吟詩，買醉，或
高唱一曲大江東去……

2 望月懷遠

隔著一片大海，我在ｍｓｎ裏
閱讀妳心跳的頻率

月亮卻在光纖上冉冉升起
妳聽到了嗎？時間說：
我愛妳

我們在螢幕上試探彼此的體溫
並躲在思念的背後，和一尾
從唐詩裏偷走出來的月光
輕輕踏在鍵盤上，把
一夜的情話，踏成
消瘦的煙雲

窗外的露水都已回家了
我還在這裡，聆聽
妳的呼吸，穿過無垠的
空氣，披在我逐漸單薄的身影

當我從妳的世界中倒退
退回自己的夢裏
所有的隱喻，變奏為一首
合曲，在共同信仰的翅膀上
飛起，等待飛向
一場美麗的相遇

3 雨過山村

雨先我來到村裏，把雞鳴聲
濺濕了，並坐在庭院
和一些老人聊著遺忘的往事

曾經走過的路都回來迎我
樹影和溪聲都醒在
那座傾斜著歲月的板橋上
記憶也開始起霧了

日子排著隊悄悄地離開
一群學生，帶著童年
撐傘躲進我的眼裏，蹲著
看一雙雙疲憊的腳印，越過
成長的山嶺，涉水而去

穿過雨聲，許多熟悉的名字
已逐漸蒼老，一些卻遺失在
漂泊的路上，永不歸來
只有

梔子花開，年年都在
詩裏凋萎，並等待
時光重新的到來……

最後

最後雨滴無聲
與我一起離去
在村角轉彎的地方，卻
不小心，遺落了一首
短短的詩句

4 題都城南莊

Kisah cinta dua dunia
Mengapa kita berjumpa
Namun akhirnya terpisah

Siang jadi hilang
Ditelan kegelapan malam
Alam yang terpisah
Melenyapkan sebuah kisah...　(Isabella)

去年在一首馬來歌裏相遇
妳的背影是
一株盛放的桃花
把青春鎖在時間的火裏
讓燃燒的愛情
靜靜的在寂寞裏發亮

（我是穿過妳底夢境的星子
　終歸消失在一片寂黯的回憶）

今年我以朝聖的腳步回到這裡
Isabella 仍在歌裏

在每一段句子間嬉戲
然後消逝在另一首曲子

而風裏
垂首孤立的記憶
卻悄悄，收藏著
昨日落盡的笑語，以及
一株桃花燃燒後的灰燼

5 旅夜書懷

從網路的虛擬中泛舟而下
漂泊的風夢遊於皺紋的歧路之間
一個個網站都已睡了，誰還在
一首律詩裏閱讀流水呼喚的聲音

當我重新把椅上疲困的影子扶好
重新，用詩搜索一艘
停泊在野岸上的孤舟，青青
細草，化成亂碼侵入
枯瘦的年華，在
褪盡夜色的窗口靜靜佇立

那年，我們牧放的星群
都已回到故鄉了嗎？
從嘉南平原上，我把濁水溪
流來的月光，摺進
還未寫完的博士論文裏，還有
指導教授的叮嚀，夜夜
在空白的文字檔案中如潮湧起

詩還要不要寫下去？
我把自己縮進四顧蒼茫的網路裏

隨著電子郵件，化成
一隻天地間飄飄的
沙鷗，好想好想
在妳田園般的夢裏棲息………。

動物詩誌

1 鼠

在黑暗的下水道裏我們
流竄如風
穿過百貨公司、餐館、電影院、超級市場
穿過睡眠
在逐漸腐敗的城市中心
窺探死亡和愛

眾神已從我們的頭頂上告退，無關乎
卑瑣與奸詐，我們孤獨地出遊，或
成群結隊，通往國會
成立我們無上的法規

是的，無關乎貪婪與霸道
我們只在晚上出現，在無人的地方
偷偷咬嚙一些預算
一些檯面下的麵包與漢堡，然後祈禱
世界和平，國泰民安

有時我們滔滔地辯論，或躲進
雌性的身體內
開發我們雄性的氣概
有時我們在夢裏假寐，等待
另一次更好的覓食機會

是的，在這裡
我們不斷繁殖我們的族類
我們的國，我們的民
我們來去如風的身影

2 龜

甲殼上書寫的祖訓是千年的老話
只是租借一生的記憶，無需皈依
榮辱只在於伸頭縮頭之間，管它
陰晴悲喜，南北東西
曳尾而去的，我只想做我自己
管它，五千年還是三千年文化
走過去了全都不留下痕跡

不需回頭，回頭已無路可歸
從一片時間沼澤望過去，島

或大陸是屬於誰？隔著
一頁薄薄的歷史
夢卻隨著祖先的幽靈
在鄉愁中靜靜徘徊

而在同一條父母走過的路上的
我的兄弟姐妹，有的供在
廟裏被祭拜，有的
被放生到了歐美，只留
斑駁的身世在甲背，蒼蒼寫著：

我是龜
是一群永遠回不去的鬼

3 鴿子

在黃昏靜止不動的陰影下，有光

從記憶裏微微閃過，飛翔的幸福和
愛，在撲翅間展開
我就這樣地滑過一天平淡的生活

不要用詩的隱喻凝視著我
和平太沉重，偶爾放在小小的夢裏
遠方無聲的戰火，總會驚醒
體內一滴久已沉睡的淚

而我習慣掉隊，孤獨的
抵抗資本主義者憐憫的目光
在廣告板上留下大量的糞便和口水
習慣，把天空留給天空
讓我們可以單純快樂的起飛

從晨昏裏反覆來回，世界
越來越小的縮進

我微瘦的夢內，當我們
老了，斂翅的欲望是否還會想起
城市角落公園裏一群
寂寞老人的目光與背影的破碎

有光，在我們的瞳孔閃現
迅速照亮了
每一家窗口安詳的
醒和睡，然後消失在
我們飛翔裏曾經擁有過的交會

4 貓

踏　我們穿過文字的迷宮，小說家的
進　虛構，在沉思裏追蹤一枚存在的足跡
昨　在夜色尚未來臨以前，學習
夜　漫遊，穿過高潮起伏的情節

的　進入別人的身體，偷窺別人的欲望
夢　在城市的每一條巷道，轉彎
境　蹲成一座座銅像

躍　我們是時間，是荒原上流浪的雨
過　是屍體，是等待被解剖的記憶
歷　是流言，是一頁殘敗的奇蹟，我們是
史　千秋萬世後被挖掘被考古的假牙和義肢
的　在風景裏自成風景，自成
溝　一首歌，悄悄
渠　複製每一個剎那

走　躡足而來的是我們的從前，永遠
過　抵達不到一一死去的童年，回不了
去　青春時離別的家

身　我們沉默，在史家的筆下
後　曾經震動山林的虎嘯，卻化成了一聲
是　「妙」，在空寂裏迴響
無　空寂，如我們在火光中穿行的魅影
邊　終將離去，在暗夜來臨之前
的　化做巨大的墓碑，側耳傾聽
寂　無數的跫音久已遠去，如我們
靜　在天地中化成天地，無聲　無際……。

5 羊

我們背棄曾經書寫在彼此身體上的誓言，一枚刺青與子偕老
糾纏著午夜的夢，在枕邊的柵欄，一雙不眠眼睛悄悄的出走
妹妹，歧徑上的愛情來找，執手交出的肉體已長成一片荒草
蟲蟻築穴的記憶，甜言蜜語全已蛆聚，夢卻在我體內被時光
一一搬走，我們的童話早已衰老，一如妳的容顏逐漸枯槁。

而被豢養的幸福沉睡了嗎？妹妹，我常常在妳的魚尾紋路上
迷失自己，思念卻在皺摺的贅肉間死去，在一首首古典詩裏
青春只是一場遊戲，在平仄平仄的韻律上我們終將背身離去

這是甚麼年代了，海枯石爛只是傳宗接代的騙局，妹妹妹妹
張開妳的眼睛，放出你自己，跨出柵欄後一切都不留下痕跡

6 燕子

剪下的燈火貼在窗口
可以點燃一首詩
讓童稚的聲音朗朗誦讀
然後被夜色悄悄撿起

雨季來了以後客人全都離去
沿著光陰的小徑
紛紛遺落了名姓

那些故事和耳語，在
大城小鎮之間
久無音訊

我們回來了
捕捉記憶中的光和影
掠過詩和詩的枝椏
尋找永生的棲息

7 魚之二寫

之一

我們都在陌生的城市裡相遇
匆匆擦身而過，除了風
不需要記得誰與誰的名字

穿過時間的流渦

我們在尋找死亡，以及
自己一生的孤獨

江湖如此遼闊
我們，只是嘆息時
冒出的一顆
小小的泡沫！

之二

像一尾迷路的愛情
在沙岸上，尋找
潮汐的囈語………

高高低低的風
繫著思念的眼眸
把黃昏讀成瘦瘦的煙
緊緊扣住海洋的咽喉

而我駝著記憶的脊背
不斷回首，並逆著
命運的寒流，吐出
泡沫的鄉愁，在
無限蔚藍的心事裡
穿過歲月的水紋
向前，匆匆遁走………

8 蜘蛛

把文字張結在別人的回憶裏
相思只是一段故事
塵封在幽暗的身體

夏天，還是秋天
書寫已經結束

沿著樓梯攀爬上去
進入妳的身體
我找到了自己

9 蟋蟀

蟋蟀匿藏在一叢記憶深處
把童年歲月唱得更悠遠了
只留下黃昏貼在舊居的窗上
描繪一朵朵漂泊的雲
激盪成浪花，向遠方呼喚

我們騎過的木馬都老了，牠們
正向故鄉傾斜的籬笆告別，然後
從我們用鉛筆寫下的殘黃日記簿裏出走

還有許多沒玩過的遊戲
也在我們成長的門口
向虛構的樂園，揮手再見

「再見！再見！」

蟋蟀沿著遺忘的邊緣，激情吟唱
許多夢片墜落，許多星星在天上閃爍

「再見！再見！」
蟋蟀說：你聽懂了嗎？

10 蝴蝶

昨夜，一襲香奈兒滑落
裸露的肌膚，正下著
一場大雪，在巴黎
有人想起了蝴蝶，關於

一則童話的死亡

想起花園、陽光、池塘
一張張模糊的臉孔排列晃過
在午夜醒來後，一座
空無的城中
春天迅速走過

走過，只留下
色彩斑斕的標本

夢的碎片

無題 *1*

歷史帶走的年月被鎖進櫃子裡，天使折翼
無人讀懂的詩被處於死刑，文字崩解
如夢的隱喻，在曙光照過的屋頂
我們以沉睡抵抗一座城市的陷落

與子偕老啊白髮紅顏如文本互涉
你的狂草，我的荒謬劇
轉眼都將成為一句流言，一副骷骨

見證人間黃土碑上燐火紛飛的故事

無題2

把妳的影子裝進福馬林的瓶子，愛情
只剩下骷髏，掛成午夜夢迴的白幡

我是自己詩裡逃脫的一行句子
匿名躲進妳的部落，避雨
有人留下零亂的腳印，有人沉默
不語，思念匆匆走過
忘了留下美麗的背影

無題3

我學會絕句，並把頭顱
摘下壓韻，那年寫的詩那年

不懂，只有舌頭
偶爾還在齒隙間懷舊

記憶的葉脈開到平仄的腳後
少年是歌，把歲月唱成
漂泊，一個字一個字放水流走

沒有了頭就不需要再回首
讓絕句唱歌，你聽：
「夢與人同去，人歸夢未歸。
但恨滄海闊，獨留魂單飛。」

那年寫的詩那年
不懂，只有頭顱還在那
和夢，靜靜的說話

無題4

魂兮歸來，我從巷子滑過妳的窗前
燈照亮妳的憂傷，日子去如波浪
時間背過臉為所有遠逝的青春悼亡

心的偏旁是青青子衿，留下注腳
隱匿在影子深處，找不到
原文的句讀

魂兮歸來，黑蛾振翅
飛進了一個已經被遺忘的敘事

無題5

夜讀陶庵夢憶，夢在
夢外敲門，說要跟我談心事

談一生，落魄與奔波

寒意逼到歲末，如刀
削去一層抒情的塵埃
剩下三兩滄桑
適合　下酒

夢說：過眼皆空
我扶起醉倒的影子
和冥思的夜色
悄悄　從夢裡出走

無題6

等到黎明時麻雀從墨字裡飛出，枝葉
疏影，都印在一九三二年那面紙窗上
十二月的天氣降到膝蓋下，北京的

雪，正穿過大街向火車站走去

我翻開書冊看到昨夜你留在夢裡的孤影
坐在俞曲園的文字裡，寫下：「吾徒今日
處身於不夷不惠之間，託命於
非驢非馬之國」*，墨字凍傷，喊痛
握筆的骨節，卻在愛和病裡
顫抖，想像著畫上
一隻瘦鶴向嶺南的天空飛過

那時你還未臏足，還未目盲
在圈點的史書裡讓風翻過一個亂世
我卻讀到另一個亂世在時代的前頭
等你，以點燃的鬼火，誦讀
自己狂狂離亂和破碎的詩草……

---

* 見陳寅恪〈俞曲園先生病中囈語跋〉一文。

多麼遙遠啊！那年，潮打空城
你是寂寞難回的幽憤，我是
路過的旅人，用兩行眉批
穿入幽深的時光歧徑，見證
學問的艱難和空寂

那年，雪拭去的詩句，全化成
來年的春訊，潺潺
一直向東流去

無題7

音樂的雨聲淅瀝下在歲末，日子轉身
撐傘走過許多影子，遺忘靠左
回憶向右，向前卻看到
死亡在遠方招手

（K在城堡，丈量自己的生命

長短的陰影，繞著圓圈
無聲轉移，無數的K
卻早已悄悄從夢的洞穴裡逃走）

我們要走到哪裡才能把腳印
停靠下來呢？雨聲淅瀝
黃昏剛好回來，收起
感傷的傘，卻留下了一地
水漬，漓漓
書寫著一則存在的秘密

無題8

Algún silbido solo en el mundo*

——J. L. Borges

* 這是博爾赫斯〈城南守靈的一夜〉中一詩句，意即：「某處一個吹哨者，在夜的世界形單影隻。」

有人吹起哨聲閃入無人的巷道，無人
在眠夢的彎角，撿拾一夜的回聲

微風卻從久遠的記憶吹來
吹落一地的碎影，灑在時間的
階前，凝成薄霜，覆蓋了
一些曾經路過的跫音

誰還在夜裡的途中趕路呢？
不斷遺下身後的足跡，隱入
前方茫茫的霧裡，傾耳
聆聽，那悄然遠行的聲音
匆匆　去如流星

世界仍在寂靜的街口張望
一種孤單，醒亮

晃晃明澈了夢裡不寐的心傷

無題9

是日冬至，越洋電話線
繫著遼遠的夢在夜裡翻飛
母親說話的聲音，忽遠
忽近，輕輕拍打著房間的空氣
驚醒了一些逐漸老去的時間

而湯圓在鍋裡沸騰，糯米各自
離散，在生活的一端
有一種平淡
隨著季節四處流轉

屋外，天色被走成了一片蒼茫
途經的心事，有點風霜

沉默的注視著一盞燈亮起的溫暖
屋內，塵屑安靜
日漸累積著自己的滄桑

無題10

「莊生蝴蝶原遊戲，且笑人間一夢痕」

如是我聞，夢被養大成一隻蝴蝶
飛出語言飽滿的光繭
穿過紛飛的時間，談一場
戀愛，或不經意播下子卵
叫一朵花快樂微笑

不要尋找自己啊，我們
每天都在憑弔過去

記憶的縱影，稍一展翼
就能千里絕塵而逸
而人間很小，數行筆記
足夠把一生的漣漪寫盡

「你要玩一種遊戲嗎？在十字
路口，尋找歲月的空氣」

如是我聞，最初或
最後，都只是
一隻蝴蝶罷了，終歸
要回到夢的初枝
斂翅　長久的棲息

詩說——一種獨白式的詩性敘述

1 在詩人節寫詩，會想到甚麼？

詩，升起如國旗，在我如夢的國土，文字
列隊，等待穿越一座空曠的黑夜，穿越無數
死去的夢境，迷路的音樂
穿越陰溼的巷道和巷道交叉而去的
光，尋找
一群詩人留下的蹤跡

如巫的咒語，以狐步探測夢的邊界，伸入
再深入神和鬼魅之間
他們留下的跫音，隱隱如天邊
響雷，誘引靈嬰蠕動，破胎為嘹亮的啼聲

而聲韻出走，為追蹤詩人的鞋
迂迴於意象的小徑之上
腳步，輕輕
輕輕叫醒沉睡的時間，詢問詩人
曾經走過的方向

多麼遙遠啊！一團團探險隊伍已消失
在遠方，大霧瀰漫的年月
走失了名姓，和
身影，在這如寄的天地
完成一次壯麗的探險

我仰視天象，星辰運轉於有無之間
呼吸之上，有龍蛇交纏，吐吶
意念，並奮力挖掘
腦海的深礦，讓筆尖敲擊出
生命永恆的火花

我的文字即將出發，眾靈前引，蟲蟻
迴避，旌旗獵獵高頌大風的歌曲
為雨，為電
為長征萬里的泥路而塵揚
滿面，讓字句為兵為將，圍我
成一座新城，在紙面緩緩
升起

詩，在此升起如國旗，以夢
宣示自己，無邊的遼闊

2 詩，要在詩史中喊出重量

詩人已歿，或貧或病，或憤
或傷，盡全
壓在詩史之下，在重疊的陰影
和陰影之間，無數鉛字
爭相在紙頁的年輪上，喊出
自己的重量

而詩的源頭是一條河流的水聲
裹住五月，讓漂泊的
意象，循著沙岸上的腳印追去

歷史在後方點燈，讓詩走過
一些後浪卻掀不起
三尺，三尺之下盡是
鬼聲啾啾濺起的水花互相唱和

影子和影子在此不斷競走
時間狠狠砍去了許多部首，屬言
不屬詩的文字都被
斷頭，留下的是刀斧的眼
逼視著旅途上的書，和一隻隻
夜行裡狺狺的獸

詩挺身走過，闊步
昂首，沿著筆墨的路徑向前
跋涉山水，並以堅硬的
骨頭，穿透
層層鋼岩壘實的時間，如暴雨
刷洗大街而為涓涓細流，而為
江河，要唱出一首
澎湃的歌

詩說：你認識我嗎？五月

不必為我擂鼓燔祭，不必以火
紋身，以水招魂
讓詩回到詩的故鄉
安靜守住，自己的土地
開花結果

是的，即使是一頁
打水漂去的歲月，都要
發光，頂住
這一部詩史的天堂

3 可是，當普羅大衆不讀詩時

扛著鋤頭的文字，回鄉
耕耘出一片田園，從我家的後院
到你閱讀裡的平原
種出菊花悠然的南山，在東籬

之下，有酒
如醉，有月光如雪
有夢可以安放一個小小的世界
在我的胸懷
可以蹲，可以躺，可以睡，可以
乘一葉扁舟放任如江流

或回到生活裡面，敘述日常
把卡在詩句喉結上的
痰，和黏稠的意象一起吐掉
讓文字脫去緊實的衣裳
裸露
進入社會的心臟

或讓節奏放慢腳步，放慢到
和一般人齊步，行其行
樂其樂，屎其屎而尿其尿啊讓詩

元神出竅，以口語和
口號，跟著時代的後面跑
讓每個發光的語彙
如下墜的星，在所有人的夢裡
找到他們的神

詩很輕，如貓的爪痕，接不住
一滴汗的重量
只能躍過眾人的頭顱如躍過
一道
資本主義的深淵
向高牆，俯視茫茫煙霧裡
瞽者們的笑

而五色令人目盲啊詩在
欲望的山脈中央，成一個小點旋轉如
宇宙，向上或

向下
堅持擲出靈魂的舌音
成一枚暗夜裡照著人影走路而
永不熄滅的恆星

4 那又何必在乎詩評者的存在？

是的，詩在，在你我臨窗相望的心靈
如燐火閃爍向前飛行的螢
灑下光點留給一些腳印去拼音
拼出現代達達的槍聲，拼出後現代的夢囈
讓旋律被殖民，讓語法被理論身體
規訓，或召喚結構
尋找獸的蹄跡，拆卸鳥的翅影，分析
詩境的性別，或讓讀者
還原自己的美學，接受一個
已被詩遺忘了的世界

而關鍵詞八枚，就能犁開
兩萬字元的瘦田，銳利的鋤鋒卻斷去
詩裡無數翻土的蚯蚓，無數的
喘息，企圖爬出
理論的井邊，等待
一桶清水，澆醒被摘來摘去
很累很累的一行行語言

喝！我的詩把自己輕輕
舉起，直行
跳過注釋凹下的坑坑洞洞，避開
所有腳趾的探問
如藤蔓向遠方延伸，再遠
再遠一些
你就會聽到生命湲湲不絕的泉聲
那裡有怦然一動的心跳，顫抖的

眼神，等待擁抱
38℃的體溫，和深情的瞳孔
有完整的舌頭
蛇入思想的咽喉，可以讓靈魂
微微的上昇……

詩在，在有無之中，恍兮惚兮而長出
一畝樹林
枝繁葉茂四處開張，撐破
意識的蛛網，收藏露水、鳥聲和
一天的晨光，然後
出走，向自己的烏有之鄉

那裡，沒有學院的刀斧逼問身世
只有夢，開放成
一束巨大如蘑菇的雲朵，永遠
永遠護住了

自己唯一的家

5 讓詩，在詩意裡永恆的棲居

以音樂的腳尖，旋轉出情感的漣漪
一圈圈
都是水聲的回音，都是
這天地的倒影
我在這水紋中間，佇立成了
小小的景點

我佇立，在斗室之間，想像
一團文字軍隊正當壯年，可以風雷
激盪，可以高唱大江
放出一條天上的河水，追捕我
無夢的少年

或如鷹隼，讓語言盤旋於雲山
之巔，展翅
就展開了星空，和
炯炯目光，在意象之中
俯衝，成為隕石
擦開火花
照亮了青年逃亡的天涯

我佇立，想像
大氣流行，草木茂盛，金石
在岩層裏淬煉
鏗鏘之聲，日月卻被
縮小成
蝌蚪，拍打著詩的尾巴，游向
蛻變後的蛙鳴，如潮
掀起一世紀洪水滔滔，並叫亮了
一本詩集裡　微微的

天光

那裡有詩意如海，環抱
歲月，喧嘩的
在我植滿星光的夜裡
狂狂　盛放

反戰詩五首

1 等待回家

〔二〇〇三．三．十八〕　伊拉克庫爾德婦女卡妮瑪麗亞和她的女兒坐在臨時搭建的帳篷裡。上週，她的丈夫在家鄉伊拉克北部城市杜胡克被炸死，而現在，她只能坐在難民營裏默默望著天空，等待著遠方轟轟炮火的停息，等待，回家。

昨日，在早餐桌上陽光照進夢裏時你剛好起身離去
椅子上留下餘溫，留下你轉過頭來的微笑以及
一雙剛剛離開腳趾的拖鞋和你吻過臉頰的女孩

一切日子如常，像掃過的地板，抹過的窗
清洗乾淨的衣服掛在陽台滴水，屋外的盆栽
開著花等待你從黃昏裏踏步歸來

一切如常，屋子廳堂掛著結婚照，你的眼光溫柔
盛開，從玻璃框裏走了下來，坐在沙發讀報
聊天、打盹，偶爾看著戰火從電視裏的遠方傳來

偶爾下棋、做愛、祈禱，或把洗澡間的牙膏和牙刷
排好，馬桶蓋上，讓洗臉盆前的鏡子
照著時間的臉，如常，匆匆來了又離開

昨天，當黑暗回來時你卻忘了回來
留在街上爆裂的骨頭和夢的碎片，在
炮火的照耀下，等待回家

（那時，牆還沒倒下，房間還沒廢棄，生活
還沒燒焦，故事還沒炸燬，那時我們
還住在幸福的詞彙裏，為明天學習造句）

等待，回——

傷痕裏永遠腐爛叫痛的記憶

2 塔嘉卡獨白

二十歲巴勒斯坦少女塔嘉卡（Andaleeb Taqatqa），因家園被以色列軍隊摧毀，及其父兄被以軍逮捕，而在二〇〇二・四・十二於耶路撒冷的菜市場，發動自殺式炸彈，造成七死八十多人受傷。

塔嘉卡，我是
我是一名裁縫每天編織著未來的夢：

找到一名愛我的丈夫，生下一群兒女
我要為他們裁製貼身溫暖的衣服

我讀不懂煙硝的訊息，讀不懂
坦克車輾過的軌跡，讀不懂炮火燃燒的
烈焰，我讀不懂——

政治，我只是塔嘉卡，平凡的少女
每天一針一線，把青春縫進
愛情的夢裏，把世界
還給了世界自己

我只要我的土地、父親，姐妹和兄弟
我只要一個家，但是——

我只是塔嘉卡，手無寸鐵
在廢墟裏逃亡，在淚水中

把災難和仇恨
養大成了一顆炸彈，然後
用身體
向戰爭的歷史
狠狠引爆……

3 巴格達的兒童節

〔二〇〇三・五・一〕　在巴格達街上，一個小男孩和爸爸等待著美軍的食物救援；一名母親正抱著已經嚴重脫水的孩子，孤立無援；一個靜默的小女孩正坐在從巴格達開往巴士拉的列車上。是日是美國兒童節。

在巴格達，兒童節的禮物是一輛輛
坦克車和折臂斷腿的娃娃，和
炮火燦爛開在夜空的煙花

他們在街上化妝遊行，頭戴鋼盔
手握步槍，在巷口進行射擊的遊戲

他們以血，彩繪節日，收藏
斷指，柱著枴杖尋找破碎的玩具

他們唱死亡的歌，撿拾星星的彈殼
在父親屍體的陰影下化身孤兒

看呢！美國大兵也來為他們慶祝
拋下的巧克力、糖果和手榴彈
讓淚水和驚叫四處逃走

而今天學校放假了，遊樂場也放假
許多瘦小的影子一閃即逝
如幾片葉子，落在
時間的傷口

近處，有節慶的爆炸聲響起
遠處，有美國小孩在家裏快樂的唱生日歌

4 車臣戰爭

〔二〇〇五・八・十五〕《亞洲新聞網》路透社莫斯科消息，依據車臣臨時國會會長陶斯・賈布賴洛夫透露，俄羅斯在車臣的兩次戰爭中，至少有十六萬平民和軍人死亡或失蹤，而其中原籍車臣人約有百分之二十五在爭取這獨立戰爭中喪命。

蘇—25、蘇—24M、卡—50、米—24、米—8戰機和直升機
KAB—500、KAB—1500激光制導炸彈，飛毛腿地道導彈、
道爾—M1導彈
122毫米榴彈炮、120毫米榴彈炮、120毫米自行迫擊炮、

RPG—7火箭彈

T—90坦克、T—80坦克、T—72坦克………

死亡死亡死亡死亡死亡死亡失蹤死亡死亡死亡
死亡死亡　失蹤死亡死亡死亡失蹤　死亡死亡
死亡失蹤死亡死亡　失蹤死亡死亡死亡　死亡失蹤
死亡死亡　失蹤死亡死亡死亡死亡失蹤死亡　死亡
死亡　死亡死亡死亡失蹤　死亡死亡死亡死亡死亡
死亡失蹤　死亡死亡死亡　死亡失蹤死亡死亡死亡
死亡死亡　死失蹤亡死亡死亡死亡死亡死亡　死亡
失蹤死亡死亡死亡死亡死亡死失蹤　亡死亡死亡
死亡死亡　死亡死亡死失蹤亡死　亡死失蹤
死亡死亡死亡死亡死亡死失蹤失蹤失蹤亡死亡死亡死亡

救救孩子！

5 反美學

電子遊戲裏的虛擬戰爭，成了一種現實戰爭上的反美學。布希亞的仿真與擬像，無疑是揭示了此一「超現實」時代的來臨，以及後現代社會經驗形成的主要原因。而二〇〇四・三・三十，〈紐約時報〉就曾報導：「美國新一代士兵，很多都是從小玩電子遊戲戰爭長大，他們在虛擬戰爭中已得到了最基本的訓練。」因此，戰爭成了一種遊戲與娛樂，人的苦難不見了。

Enter：遊戲開始，布希是黑桃A，黑暗核心在哪裡？
正義是鴿子還是老鷹？翻開來
一輛輛坦克車輾過的屍體全隱入
不斷跳動的鍵盤裏
你聽到嗎？美式M4卡賓槍與槍的對話
乒乒乓乓的子彈穿過你的眼睛，和平

民主，紛紛倒下成灰土
夢也全都死光了，只剩下恐怖份子
和軍火商，躲在B－2隱形轟炸機後
隨時等待出擊，等待
拯救腹肥肚大的資本主義

而倫斯斐德部長又在哪裡？黑桃七
該換張樸克牌了，阿帕奇直升機飛往的邪惡
戰地，讓一百萬隻遷徙的候鳥改道，九條海豚
排雷，讓英雄救美的戲碼不斷上演

殺戮戰場上幾十萬難民張口的嘴，卻
沒有聲音，只有一切唯美的瞄準，射擊
不斷的射擊，讓子彈瘋狂吶喊

Game over：沒有流血，沒有死亡，沒有苦難
世界是如此快樂、美好和安詳
（遊戲存檔，遊戲重來，並請輸入：
越南、北韓、阿富汗、伊拉克、伊朗……）

現代詞八首

1 〈卜算子〉

把詩句栽下
開成了夢境
妳點亮了燈走過
將故事照醒

他摺完青春
夢開始生病
走不進妳的夢裡

他流放名姓

2〈采桑子〉

昨日逃走的影子
腳步輕輕，腳步輕輕
走成了遠去的星

今日畫下了黑夜
等待黎明，等待黎明
她留下兩隻眼睛

3〈長相思〉

祂是神，忘了魂
只守著過去的身
守著一枚吻

愛氤氳，心如焚
祂化作小小灰塵
吹成了夢痕

4 〈點絳唇〉

醒來了嗎？
妳的背影如深霧
讓人進去
找不到出路

只有鞋聲
沾滿了雨露
晨和暮
來回細數
遠去的腳步

5 〈臨江仙〉

當夢流浪歸來後
時間靜靜發光
照亮了黎明的窗
幸福在隔壁
美麗的上妝

而世界不斷旋轉
雨校注了日常
沏下的茶水漸涼
日子一回望
夢有了風霜

6〈如夢令〉

讓詩仰頭張望
妳眸裡的星亮
一如昨夜的
月光低低吟唱
蕩漾，蕩漾

成了歌的愁悵

7〈風入松〉

我是記憶裡的魚
回到了最初
妳唇角上的微笑
在那裡
以河歡呼
時間上的泡沫
和青春的旅途

如今我寫一本書
為消失的湖
記錄曾經的故事
那歲月
加減乘除

剩下一些水影
和無邊的荒蕪

8〈鷓鴣天〉

躲在霧裡的沙鷗
卸下了一身的愁
掠著水光穿過夢
棲止在妳的高樓

詩老了，日如流
時光走過了中秋
夢生出一點溫柔
圈住了愛的眼眸

後記

新詩在五四時期，曾經歷了格律派的的聲韻鍛煉，也就是以中文特有的節奏韻律，特別是語詞的迴旋和重複，具有層次的排比，或以平仄和押韻等形式，展現詩的音樂性美感。這些詩人提倡詩的格律，主要是為了反撥胡適等自由派的「話怎麼說就怎麼寫」的白話詩，他們認為詩過於白話而漫無邊際，會造成口水的氾濫，以致詩魂散逸。因此格律可以框定詩魂，讓詩在音尺中形成情緒的頓挫，並讓古典詩歌的含蓄美學能夠保留下來。當時格律派的大將聞一多就曾提出了「越有魄力的詩人，越能戴著腳鐐跳舞」的名句。陳夢家在《新月詩選》的序言中，也曾強調「詩唯有格律，才不會失掉合理相稱的度量」。因此，從聞一多到新月派眾詩人對格律詩的提倡和探索，開展出了中國新詩格律化的新格局。（這期間，也有些人誤解了格律詩派所倡的「節的均稱」和「句的均齊」，而大量寫出了一些豆腐乾式的詩來。但後來繼承者如卞之琳、穆旦和昌耀等詩人，卻通過了格律的內在化試驗，創作了不少的佳作。）而詩，如何通過情力和音色，去拓展中國新詩的詩性空間，一直都是現當代詩人所不忘嘗試和傾力關注的問題。

在馬華新詩史上，記憶所及，溫任平先生曾經嘗試以一種新格律，寫過兩首小詩，其精心錘鍊和營構的，正是音韻的張度和律感，並企圖通過文字的詩意功能，去展現新詩的含蓄和雅緻美學。在此列舉其中一首：「樓太高了不許他回首，濁酒解決不了你的鄉愁；你在樓裡等著握他的手，他在樓外找不到渡頭」（這是二十年前發表在南洋商報南洋文藝版的小詩，因有韻律好記，讓人過目就能背了下來。至於詩題早就忘了）此詩就用詞和內容而言，稍或古典；然而在節奏上，因腳韻押了上聲有韻（如首、手）和平聲尤韻（如愁、頭）等，並以三個「樓」字不斷迴複，使得韻律諧和生動，令人讀來朗朗上口，又容易記憶，故此類詩在音節的形式設計，成了音聲的無形能量，也讓詩性空間，有了另一個可以拓展的寬度。

而近些年來，我常以平仄和詩／詞韻，去測度古典詩詞裡的文字音節力量，感受字韻的姿態聲色，或急促或緩慢，或直撥或轉折，或洪響或低沉，穿入古典的意境裡，或翫於中文字性之間，以照見古典世界中某些詩性的情懷。這些文字的排比，雖說具有遊戲性成份在內，但大部分仍然是想從中尋求往事的再現，或企圖跨入一個文化系統，去進行內在情感的編織。因此作詩填詞，讓我開始觸摸到一些字與字的性情，或韻與韻的音色，也由此知道要將哪一個文字擺放在哪一個位置才比較適當，或要用哪一類韻部更能將心情表現出來；是以，這種訓練，讓我在新詩語言的淬煉上，多少是有些幫助的。

最近在想，若以新詩的語言，用填詞方式，依每個詞牌進行創作，會產生出怎樣的詩性來呢？（這當然與五四那些自由格律派的詩完全不同）因藉著詞牌形式，故須遵守其句數、字數和腳韻的限定，另一方面，為順應白話／口語，而將句中固有的平仄規定去除，這樣，戴著兩三個鐐銬跳舞，舞步雖非曼妙，但仍然有趣得很。如今，依此遊戲規則，選了八個音節性質較為婉約柔轉的詞牌和短調，以作為嘗試之作。寫來不甚成功，但仍有其可以玩味之處。而似此類舊瓶新裝的「新感性」之詩，無以名之，或可暫稱之為「現代詞」。

詩作刊載年表

輯一 注音

注音	二〇〇六年第二十九屆時報文學獎新詩首獎。 《中國時報．人間副刊》，二〇〇六．十一。 入選焦桐主編《二〇〇六年台灣詩選》。
蟻夢	二〇〇七年第十屆台北文學獎新詩首獎。 《聯合報．副刊》，二〇〇八．二．八。
圓舞曲	《中國時報．人間副刊》，二〇〇八．一．三十。
遺忘	《聯合文學》月刊第二八三期，二〇〇八．五。
掠奪非洲	《中華日報．副刊》，二〇〇六．十．十八。
不在	《聯合報．副刊》，二〇〇七．十二．二十三。
在	《聯合文學》月刊第二九〇期，二〇〇九．一。
日子	《風球詩雜誌》第三期，二〇〇九．十一。

寫詩　二〇〇二第一屆《乾坤詩刊》新詩獎第二名。

過阜城門魯迅故居　二〇〇二年《中央日報》文學獎新詩優等獎。

大霧來時　《自由時報・副刊》，二〇〇五・十二・十三。

母語　《中華日報・副刊》，二〇〇七・五・十三。

悼亡　《聯合文學》月刊第二五四期，二〇〇五・十二。

動物園記　《台灣日報・副刊》，二〇〇一・三・十。
選入許俊雅編《二〇〇一年台灣文學選》。

航向　《中央日報・副刊》，二〇〇六・五・十六。

匿名者　《自由時報・副刊》，二〇〇三・十・八。

紀念　《中國時報・人間副刊》，二〇〇五・十二・三十。

食道言　《聯合文學》月刊第二五九期，二〇〇六・五。

占卜　《自由時報・副刊》，二〇〇〇・五・二十三。

時間之悼　《聯合文學》月刊第二五四期，二〇〇五・十二。

狩獵　《台灣日報・副刊》，二〇〇五・七・二十。

日記　《聯合報・副刊》，二〇〇七・九・九。

謊言　《自由時報・副刊》，二〇〇一・八・二十六。
入選向陽主編《二〇〇一年台灣詩選》。

回家　《明道文藝》，二〇〇六・十。

網迷　《中國時報・人間副刊》，二〇〇七・四・十八。

遠逝　《中央日報·副刊》，二〇〇五·九·十七。

金鷓鴣　《中華日報·副刊》，二〇〇七·五·十六。

情詩絮語　《中華日報·副刊》，二〇〇八·十一·十二。

小詩十首

晨曲　《創世紀》詩刊第一〇六期，一九九六·三。

碑記　《自由時報·副刊》，二〇〇五·一·二十五。

故事　《自由時報·副刊》，二〇〇六·三·十三。

記憶　《創世紀》詩刊第一五一期，二〇〇七·六。

停車場　《更生日報·四方周刊》，二〇〇八·八·二十四。

號子　《創世紀》詩刊第一五四期，二〇〇八·三。

對奕　《創世紀》詩刊第一五一期，二〇〇七·六。

空　《創世紀》詩刊第一五六期，二〇〇八·九。

斷無消息　《更生日報·四方周刊》，二〇〇八·八·二十四。

有夢　《中華日報·副刊》，二〇〇七·十一·二十四。

輯二　逃行

後山碑記　《自由時報·副刊》，二〇〇五·九·十五。
入選蕭蕭主編《二〇〇五年台灣詩選》。

雲林詩圖誌　《創世紀詩刊》第一六一期，二〇〇九·十二。

台南碑記	《更生日報·四方周刊》，二〇〇八·十一·十七。 二〇〇五年第十一屆府城文學新詩首獎。
金門三品	《台灣日報·副刊》，二〇〇六·三·十二。 《青年日報·副刊》，一九九九·十一·二十六。
祭典	《自由時報·副刊》，二〇〇〇·十二·九。
閱讀北京七首	全詩刊於《南洋商報·南洋文藝》，二〇〇三·十二·三十。
古鐘樓	
鼓樓	
琉璃廠	
大柵欄	
天安門廣場	
老舍茶館	
秀水市場	
老兵	《青年日報·副刊》，一九九七·三·二十七。
民國	《香港文學》第一九六期，二〇〇一·四。
小站	一九九八年台北市公車新詩評審獎。
逃行	二〇〇〇年第二屆桃城文學獎新詩首獎。 《台灣日報·副刊》，二〇〇一·二·十一。

輯三　詩說

行／草五帖　全詩刊於《星洲日報・文藝春秋》，二〇〇五・六・十二。

1 臨摹王珣〈伯遠帖〉《中央日報・副刊》，二〇〇五・九・十七。

2 背臨王獻之〈鴨頭丸帖〉《台灣日報・副刊》，二〇〇五・十二・二十七。

3 閱讀陸機〈平復帖〉《台灣日報・副刊》，二〇〇六・二・十九。

4 對臨懷素〈論書帖〉《台灣日報・副刊》，二〇〇五・九・二十五。

5 摹寫黃庭堅〈諸上座帖〉《自由時報・副刊》，二〇〇六・九・四。

心經《創世紀》詩刊第一四一期，二〇〇四・十二。

古詩變奏曲《南洋商報・南洋文藝》，二〇〇七・七・二十三。

1 登高《中央日報・副刊》，二〇〇五・十・三十一。

2 望月懷遠《台灣日報・副刊》，二〇〇五・八・十五。

3 雨過山村《中央日報・副刊》，二〇〇五・七・十四。

4 題都城南莊《南洋商報・南洋文藝》，二〇〇七・七・二十三。

5 旅夜書懷《聯合報・副刊》，二〇〇五・十二・二十。

動物詩誌

1 鼠 《星洲日報·文藝春秋》，二〇〇五·九·二十四。

2 龜 《中央日報·副刊》，二〇〇五·七·九。

3 鴿子 《明道文藝》第三六八期，二〇〇六·十一。

4 貓 《自由時報·副刊》，二〇〇四·十·二十五。

5 羊 《自由時報·副刊》，二〇〇四·二·二十四。

6 燕子 《自由時報·副刊》，二〇〇四·九·二十。

7 魚 《自由時報·副刊》，二〇〇三·八·十二。

8 蜘蛛 《自由時報·副刊》，二〇〇四·九·二十。

9 蟋蟀 《南洋商報·南洋文藝》，二〇〇三·四·三十。

10 蝴蝶 《南洋商報·南洋文藝》，二〇〇三·四·三十。

夢的碎片 《更生日報·四方周刊》，二〇〇八·四·二。

詩說 《創世紀》詩刊第一五七期，二〇〇八·十二。

反戰詩 全詩刊於《南洋商報·南洋文藝》，二〇〇六·六·六。

1 等待回家

2 塔嘉卡的獨白

3 巴格達的兒童節

4 車臣戰爭

5 反美學
現代詞八首

《中華日報．副刊》，二〇〇八．七．十一。

讀詩人33　PG0828

注音
——辛金順詩集

作　　者	辛金順
責任編輯	鄭伊庭
圖文排版	郭雅雯、彭君如
封面設計	李孟瑾
出版策劃	釀出版
製作發行	秀威資訊科技股份有限公司 114 台北市內湖區瑞光路76巷65號1樓 電話：+886-2-2796-3638　傳真：+886-2-2796-1377 服務信箱：service@showwe.com.tw http://www.showwe.com.tw
郵政劃撥	19563868　戶名：秀威資訊科技股份有限公司
展售門市	國家書店【松江門市】 104 台北市中山區松江路209號1樓 電話：+886-2-2518-0207　傳真：+886-2-2518-0778
網路訂購	秀威網路書店：http://www.bodbooks.com.tw 國家網路書店：http://www.govbooks.com.tw
法律顧問	毛國樑　律師
總 經 銷	聯合發行股份有限公司 231新北市新店區寶橋路235巷6弄6號4F 電話：+886-2-2917-8022　傳真：+886-2-2915-6275
出版日期	2013年2月　BOD一版
定　　價	300元

國家圖書館出版品預行編目

注音：辛金順詩集 / 辛金順著. -- 一版. -- 臺北市：釀出版, 2013.02
面； 公分. --（讀詩人；PG0828）
BOD版
ISBN 978-986-5871-07-9（平裝）

851.486 101026695

讀者回函卡

感謝您購買本書，為提升服務品質，請填妥以下資料，將讀者回函卡直接寄回或傳真本公司，收到您的寶貴意見後，我們會收藏記錄及檢討，謝謝！

如您需要了解本公司最新出版書目、購書優惠或企劃活動，歡迎您上網查詢或下載相關資料：http:// www.showwe.com.tw

您購買的書名：____________________

出生日期：________年________月________日

學歷：□高中（含）以下　□大專　□研究所（含）以上

職業：□製造業　□金融業　□資訊業　□軍警　□傳播業　□自由業

□服務業　□公務員　□教職　□學生　□家管　□其它____

購書地點：□網路書店　□實體書店　□書展　□郵購　□贈閱　□其他

您從何得知本書的消息？

□網路書店　□實體書店　□網路搜尋　□電子報　□書訊　□雜誌

□傳播媒體　□親友推薦　□網站推薦　□部落格　□其他________

您對本書的評價：（請填代號　1.非常滿意　2.滿意　3.尚可　4.再改進）

封面設計____　版面編排____　內容____　文／譯筆____　價格____

讀完書後您覺得：

□很有收穫　□有收穫　□收穫不多　□沒收穫

對我們的建議：____________________

____

____

____

請貼
郵票

11466
台北市內湖區瑞光路 76 巷 65 號 1 樓
秀威資訊科技股份有限公司 收
BOD 數位出版事業部

....

（請沿線對折寄回，謝謝！）

姓　名：________________ 年齡：________ 性別：□女　□男

郵遞區號：□□□□□

地　址：____

聯絡電話：(日)________________ (夜)________________

E-mail：____